光文社文庫

探偵さえいなければ

東川《ひがしがわ》篤哉《とくや》

光　文　社

目次

倉持和哉の二つのアリバイ

1

「どうか一生のお願いです、安西《あんざい》さん」

九月の西日が斜めに差すリビング。ソファに浅く腰掛けた倉持和哉《くらもちかずや》は、テーブルに両手を突いて深々と頭を下げた。向かいのソファに腰を沈めるのは、小柄な老人。グラスの冷酒を苦い顔で飲み干し、薄くなった白髪頭を皺《しわ》のよった右手で搔《か》きあげると、老人は鷹のように鋭い視線を和哉に向けた。強い意思を感じさせるその目つきに、和哉は老人の断固とした拒絶を予感した。

数秒後、彼の予感は完璧に的中した。

「前にもいったはずだぞ、和哉君。そのような不愉快な話に、ワシの財布からビタ一文、出してやるつもりはない。君が何度頭を下げようとも、ワシの考えは変わらん」

容赦なく断言する老人の名は安西英雄《ひでお》。和哉にとっては妻の叔父にあたる人物である。

資産家の安西は、齢《よわい》七十ながら麻のサマージャケットに白いパンツ姿と、なかなかお洒落《しやれ》な装い。グラスを持つ右手の薬指には、ダイヤらしき指輪が輝いている。左腕に巻いた派手目の時計は、どうやら高級腕時計の代名詞、ロレックスらしい。安西が愛用する、お気に入りの品だ。もっとも、安西自身はその時計をローレックスと呼んでいる。ある年代以上の人たちがロレックスのことをそのように間延びした感じで発音するのは、なぜだろうか。ちなみに三十代の和哉はロレックスもローレックスも、手に入れたことはない。

「いいか、和哉君」安西英雄は赤らんだ顔を和哉に向けると、酒臭い息とともに説教めいた言葉を吐いた。「君がワシから引き継いだ洋食屋を潰《つぶ》して、新しい店で再出発したいというのなら、それは君自身のカネと才覚でやることだ。ふん、街でいちばんお洒落なカフェを開きたいだと？　馬鹿な。経営難の洋食屋を少々見栄えのいいカフェに作り替えたところで、たちまち儲かるなんて、そんな上手《うま》い話があるものか。そもそも、君はここをどこだと思っているんだ。原宿《はらじゆく》？　代官山《だいかんやま》？　それとも南青山《みなみあおやま》か？」

「いえ」和哉は目の前に横たわる動かしがたい現実を口にした。「ここは烏賊川《いかがわ》市です」

烏賊川市。関東某所に確かに実在する水産都市だとか、小説に出てくる架空の街だとか、犯罪者と探偵だけが夢見る幻の都だとか、まるで都市伝説のように噂される街である。

そんな烏賊川市の繁華街の一角に倉持邸はある。もっとも倉持邸とはいっても、門があって庭があってというような一般的な形態の家とは少し趣が違う。倉持邸は三階建てのコンクリート建築で、一階は『ヒーローズ・キッチン』という伝統ある洋食屋。二階三階が倉持家の居住空間なのだ。和哉たちのいるリビングはその二階に位置している。

ちなみに洋食屋『ヒーローズ・キッチン』の店名は、かつてのオーナーシェフ、安西英雄の名前から付けられたものである。その洋食屋も、いまや実質的な経営は倉持和哉の手に委《ゆだ》ねられている。とはいえ、和哉は料理人でも美食家でもない。厨房のことは雇い入れた料理人たちに任せつつ、自らは限られた店舗をいかに有効活用して最大の利益を上げるか、その点のみを日夜追求する飲食店経営者。それがいまの和哉の立場である。

そんな彼の名刺の肩書きには、「レストラン・プロデューサー」と書かれている。いまのところ、虚偽表示だとの告発を受けたことはない。倉持和哉、自慢の肩書きである。

だが、『ヒーローズ・キッチン』の業績は、和哉が采配《さいはい》を振るうようになって以降、右肩下がりの低空飛行。かつての常連客は遠ざかり、新規の客を摑《つか》むことは出来ていない。店は閑古鳥が鳴き、赤字はジリジリと膨らむ一方だった。

――なにか手を打たなくては。完全な手遅れになる前に。

焦る和哉は、ついにひとつの決断を下した。業態の変更だ。伝統的な洋食屋を諦《あきら》めて、若者たちをターゲットにしたカフェとして再出発する。それが和哉の判断だった。いや本音をいえば、若い女の子を集めて、ちょっとエッチなガールズバーなど始めるのが、いちばん儲かるような気がしたのだが、さすがにそのような不埒《ふらち》な計画にお堅い安西英雄が乗ってくるとは考えられない。『伝統的な洋食屋』と『エッチなガールズバー』、両者のちょうど中間を取って、和哉は『お洒落なカフェ』を選択したのだった。

――なんなら、『エッチなカフェ』でもいいけどな。

と和哉は内心ガールズバー寄りの判断を捨てきれていないのだが、いずれにしても安西の賛同を得られなければ、この計画が一歩も動かないことは間違いなかった。

なぜなら第一線を退いた安西だが、登記簿上では『ヒーローズ・キッチン』の土地も建物も、すべては安西の名義なのだ。それに店舗の改装には多額の費用が掛かる。その資金も結局のところ資産家である安西に頼らざるを得ない。それが和哉の置かれた現実だった。

そんなわけで和哉は自宅に安西英雄を招いた。誘いの出汁《だし》に使ったのは、仕入れ先から貰った日本酒だった。元料理人で美食家でもある安西は根っからの酒好きなのだ。

――僕は下戸《げこ》ですから飲めませんけど、安西さんはお好きでしょ。飲みにいらっしゃいませんか？　加奈子《かなこ》は留守ですが、男同士で飲むのもたまにはいいじゃありませんか。

ひとり身を持て余す安西は、警戒する素振りも見せずに、和哉の誘いに乗ってきた。

こうして残暑の厳しい夕刻のひととき、倉持邸のリビングで和哉と安西英雄が向き合うシチュエーションが出来上がった。洋食屋は遅い夏休み休暇である。妻、加奈子と和哉との間に子供はなく、その加奈子も数日前から主婦仲間とともに台湾へ旅行中である。日本への帰還は二日後になる予定だ。よって、いま倉持邸に彼ら以外に人の姿はない。それを好機と捉えた和哉は、この件について、今夜のうちに決着を付ける考えだった。

とりあえずは安西英雄の説得に努める。

だが、もし彼が説得に応じない場合は――

和哉は内に秘めた邪悪な考えを読まれないように、穏やかな表情を維持していった。

「――ええ、ここは烏賊川市です。もちろん原宿や代官山などとは違います。お洒落なカフェのイメージは全然ありません。だからこそ、競争相手が少ないともいえるわけです。勝算は充分あります。どうか、ご再考を」

「いや、駄目だ。競争相手が少ないなんて、君の見込みは甘すぎる。お洒落なカフェとは違うかもしれないが、外資系の有名カフェチェーンの店ならば、烏賊川市にも随分進出してきているじゃないか。駅前には『スターバックス』、中心街には『タリーズコーヒー』、塩辛通《しおからどお》りには『エクセルシオール』といった具合だ。むしろ競争相手だらけじゃないか」

「お言葉を返すようですが、駅前のアレは『スターバックス』ではなくて『スターボックス』、中心街にあるのは『タリーズコーヒー』ではなくて『チャーリーズコーヒー』、塩辛通りのは『エクセルシオール』ではなくて『アクセクショール』ですよ」

「ん⁉」グラスを口に運ぶ安西の手が、口許《くちもと》でピタリと止まった。「そうだったかな？」

「ええ。あれは『外資系』どころか、すべて典型的な『烏賊川資系』ですよ」

烏賊川市。偽物が幅を利かせる、名前どおりのいかがわしい街である。

「なんだ、そうなのか」鷹のように鋭かった安西英雄の目が、小鳥の目のようになる。彼は手にした冷酒を一気に呷《あお》ると、空《から》のグラスをテーブルに叩《たた》きつけた。「だったら、競争相手としては実に楽チンなものじゃないか。いや、むしろ競争にならないといっても過言ではない。よーし、そうと判《わか》れば何も迷うことはないぞ、和哉君。五十年続く古臭い洋食屋など、いますぐにでも畳んでしまって、さっそくお洒落なカフェとして再出発するがいい。いや、いっそのこと、いま流行のガールズバーでも開いたらどうかね。烏賊川市に相応《ふさわ》しいのは、お洒落なカフェよりも、ピチピチギャルたちが集うガールズバーじゃないか。なんなら、カフェとガールズバーの中間を取って、『エッチなカフェ』でも結構！」

「ほ、本当ですか、安西さん！　いや実は僕も、まったく同じことを――」

「ん、まったく同じことを？」瞬間、安西英雄は再び鷹のような鋭い視線に戻ると、「同じことを考えていたというのかね、君？」と和哉の顔を真《ま》っ直《す》ぐ見据えた。

「え⁉　はい」和哉はうっかり頷《うなず》いた直後にブルンと首を振った。「い、いいえッ！」

だが、すべては遅かった。不埒な和哉を、安西はドスの利いた低音で罵倒した。

「前々から怪しいとは思っていたが、君は五十年続く洋食屋をキャバクラにする気か！」

「い、いえ、キャバクラではなくて、ガールズバ――」

「似たようなもんじゃろーが！　浮かれた商売に惹《ひ》かれおって！」

「は、はいッ」安西のあまりの剣幕にソファの上で背筋を伸ばす和哉。それから慌ててテーブルに両手を突くと、和哉はつむじが見えるほどに深く頭を下げた。「わ、判りました。も、もう金輪際、業態を変えるなどとは申しません。『ヒーローズ・キッチン』は、これから百年後も、ずっと洋食屋のままであり続けます。カフェにもバーにも、もちろんカフェバーにもガールズバーにもなりませんです、はい」

「もちろんだ。ワシはそう願っておるぞ」

平伏する和哉の姿に安心したのか、安西は再びテーブルのグラスを手にする。和哉は素早く日本酒の瓶を手にして、安西のグラスになみなみと酒を注いだ。

「この話は、もう二度としないでくれたまえ、和哉君」

「判りました、もう二度とはいたしません、安西さん」

意味深な視線を向ける和哉の前で、安西は勢いよくグラスの酒を呷る。まるで真水で喉を潤すかのような豪快な飲みっぷり。和哉が感嘆の声を発すると、安西はさらに呑みのペースを速めていく。和哉は安西のグラスが空になるたび、新たな酒を注いでいった――

それから約一時間が経過したころ。倉持邸のリビングからは会話が消え去り、ただ安西英雄の安らかな寝息だけが聞こえていた。和哉の提案を拒絶した安西は、その後、勧められるままにグラスの酒を呷り続け、ついにソファの上で深い眠りに落ちた。いや正確にいうと、こうなることを予想した上で、和哉は安西に好きな酒を飲ませ続けたのだ。狙いどおりの展開に、和哉はニンマリとした笑顔を浮かべ、自分のソファから立ち上がった。

「悪く思わないでくださいね、安西さん。あなたがあまりに頑固だから、こんなことになったのですよ。あなたが僕の説得に応じていれば、こうまでする必要はなかった。なのに、あなたは僕が与えた最後のチャンスさえ無駄にした。こうなった以上、僕は予定どおりに計画を遂行するしかありません——って、俺はいったい誰に向かって説明してんだ？」

自嘲気味に呟《つぶや》きながら、和哉はソファに長々と寝そべる安西を見詰めた。

和哉は今宵、安西英雄に死んでもらうことにした。

もちろん和哉が自らの手を汚すのだ。

安西英雄が死ねば、姪《めい》っ子にあたる加奈子は泣きながら深い悲しみに沈むだろう。と同時に、安西が死ねば、彼の所有する建物や土地といった資産のすべては、彼の遺言状に従い、唯一の肉親である加奈子が相続するのだ。加奈子は泣きながら喜ぶに違いない。彼の妻はそういう女である。

打算的な加奈子と野心的な和哉。おかげさまで夫婦仲は極めて良好だ。妻が遺産を手に入れた暁《あかつき》には、夫である和哉も存分に「レストラン・プロデューサー」としての手腕を振るうことが出来る。そうなれば、しめたもの。ピチピチギャルの集うガールズバーが、烏賊川市のこの地に堂々オープンするという理想的な未来が開けるに違いない。結構な話である。オムレツやハヤシライスを地味に売り続ける未来より、遥かにマシというものだ。

「パンケーキやフレンチトーストも、どーだっていい」

いつしか、和哉の脳裏からは『お洒落なカフェ』の青写真さえも追い払われ、不埒なビジネスへの欲求がむくむくと頭をもたげ始めていた。

我ながらいい加減な目標設定だが、まあ、そこはとりあえず問題ではない。カネの使い道を考えるのは、それを手に入れた後だ。

大事なことは、安西英雄を殺すこと。ただし、殺すだけでは充分とはいえない。殺人の容疑を掛けられないように殺すこと。だが果たして、そんな上手い殺し方があるだろうか。

この半月ほど、和哉はその点について延々と考えを巡らせてきた。

しかし、あらためて考えてみると、完璧な殺害方法などそう思い浮かぶものではない。

十日前、彼が思い描いていたのは、実に単純極まるトリックだった。例えば、殺害した相手の腕時計の針を一時間進めた上で、足で踏みつけ壊しておく。すると死体を見た刑事が、きっとこういうだろう。

『見てくださいオムライス警部。被害者の腕時計の針が、九時を指して止まっています』

『よく気付いたドライカレー刑事。どうやら、これが犯行時刻と見て間違いなさそうだ』

刑事たちは、さっそく和哉にアリバイを尋ねにくるに違いない。だがそんな刑事たちの問いに、彼は余裕のポーズでこう答えるのだ。

「問題の午後九時、僕は遠く離れた中華料理店で、ひとり天津飯を食べていましたよ」

完璧なアリバイを前に、烏賊川署の誇る洋食コンビは尻尾《しっぽ》を巻いて退散する——といった具合。だが、あり得ない。いくらなんでも最近の警察は、こんな単純な手には引っ掛からない。仮に昔の警察だったとしても、やっぱり引っ掛からないだろう。これはあくまでも古い推理小説やテレビドラマでのみ通用した手口だ。

——それに、ロレックスを壊すのは、ちょっともったいない。

そう思った和哉は、このトリックを頭の中から追い払い、別の可能性を探った。

一週間前に思いついたトリックは、前のものよりはもう少し複雑な入れ替わりトリックだった。

要するに、自分とよく似た人物を探し、替え玉になってもらうというやつだ。だが、替え玉トリックを実行するには重大な障壁がひとつ。それは自分に瓜二つの共犯者の存在だ。替え玉になってくれる人物がいないことには、このトリックは絵に描いた餅だ。

――だけど、そんな都合のいい共犯者がどこにいる？

和哉はこのトリックに魅力を覚えながらも、やはりその実行を諦めざるを得なかった。そんな和哉が、最終的な殺人計画を立案したのは、ほんの五日前のことだった。べつに奇抜な手段ではない。むしろシンプルなやり方だ。だが上手くやれば、警察の目を欺《あざむ》くことは可能だ。

和哉はその計画に基づき、すでに『凶器』の入手を終えていた。

その『凶器』こそは、今回の計画の肝《きも》になる部分だった。

和哉は安西を起こさないように足音を殺しながら、同じ階にある脱衣場へと移動した。脱衣場の奥の扉を開けると、そこは風呂場だ。用意された『凶器』が、湯船の中にあることを確認する。

それは汚れた水。烏賊川から汲《く》んできた大量の水が、倉持邸の湯船を一杯に満たしているのだ。

その濁った水面を眺めながら、和哉は密《ひそ》かに残忍な笑みを浮かべた。

「人ひとり溺死させるぐらいは、風呂場でも出来る……」

2

倉持邸の玄関の呼び鈴が鳴ったのは、午後八時半のことだ。倉持邸の居住区間は二階と三階部分だが、玄関だけは階段を下った一階にある。洋食屋の店舗から見れば、裏口にあたる位置にある玄関だ。和哉はすぐさま階段を下って、玄関扉を開けた。

目の前に現れたのは、くたびれた背広を着込んだ中肉中背の三十男だ。彼は和哉の顔を見るなり、親しげな様子で「やあ、これはこれは！」と嬉しそうに片手を挙げたが、だからといって男が和哉の親しい友人だとか昔馴染《なじ》みだとか、そういうことでは全然ない。

この冴えない三十男もまた、今回の犯罪のために前もって準備していた駒のひとつ。和哉が自らのアリバイを証明してもらうために、敢《あ》えて自宅に招いた『善意の第三者』である。その『善意の第三者』は和哉の前で胸に手を当て、畏《かしこ》まった仕草で頭《こうべ》を垂れた。

「初めまして鵜飼《うかい》です、鵜飼杜夫《もりお》。確かな技術と信頼の笑顔、あなたの秘密のパートナー、トラブル大歓迎がモットーの『鵜飼杜夫探偵事務所』から参りました。――どうぞ、よろしく」

「え……確かな技術と……信頼の……何⁉」長すぎる能書きに和哉は一瞬キョトン。しかし、すぐさま些細《ささい》な疑問を頭から追い払うと、ぎこちない笑みを浮かべた。「は、はは……まあ、なんだっていいや。要は、あなたが探偵さんなのですね」

「はい。この度はご依頼のお電話をいただき、ありがとうございました」

「いえ、こちらこそ。こんな夜分にきていただいて申し訳ありません。なにせ、用事が立て込んでいましてね。この時間のほうが、ゆっくりお話しできると思ったものですから。ああ、約束の八時半ピッタリですね。さすが探偵さん、時間に正確でいらっしゃる。ひょっとして、約束の八時半にきてもらえないんじゃないかとハラハラしていたんですよ」

「――あの、誰に向かって説明なさっているんですか？」和哉の説明過多な喋《しゃべ》りに不自然さを感じたのか、鵜飼は玄関の中を覗《のぞ》き込みながら、あたりをキョロキョロ。そして怪訝《けげん》な顔つきで聞いてきた。「ひょっとして、どなたか別の方が来客中とか？」

「え⁉」和哉は内心の動揺を悟られまいと、懸命に平静を装いながら、「なぜ、そう思われるのですか？」と素知らぬ顔で聞いてみる。返ってきたのは、意外な答えだった。

「いや、サイズの違う靴があるようなので、誰かいらっしゃるのかなぁ――と」

いわれて和哉はハッと息を呑む。確かに鵜飼の指摘するとおり、たたきに散乱する靴の中に、ひと際小ぶりな白いローファーが異彩を放っている。それはまさしく安西英雄が履いてきた靴に違いない。一瞬、硬直する和哉。だが次の瞬間、彼は素早くしゃがみこみ、その靴を摘《つま》み上げると、下駄箱の中に――ポイ！　そして何事もなかったかのようにその扉をピシャリと閉めていった。

「これは妻の履物ですから」

「え、ああ、そーですか。いや、べつに誰のでもいいんですけどね」鵜飼は興味なさげに呟くと、玄関の上がり口を指で示して、「えっと、上がらせてもらって構いませんかね？」

「もちろんですとも」和哉は精一杯の作り笑顔で探偵を自宅に招き入れた。「どうぞお上がりください。さあさあ、こちらへどうぞ……」

和哉は鵜飼を案内して廊下を進み、階段下にある一枚の扉を開け放った。鵜飼は扉の向こうに広がる開放的な空間に足を踏み入れると、たちまち感嘆の声を発した。

「ほほう、いや、これは素晴らしい。実に広々とした空間ですねえ。天井が高いなあ！」

天井を褒めちぎる探偵の様子は、某テレビ局の長寿番組『渡辺篤史《わたなべあつし》の建もの探訪』を思わせた。

「ふーむ、重厚な木製のテーブルに、アンティーク調の椅子。天井の照明も、実に美しい！　ほほう、こちらがお台所ですか。なるほど。いま流行の対面式キッチンというやつですね。いやあ、実に素敵だ！　倉持さん、なんとも贅沢な高級感溢れるリビングですねえ。羨《うらや》ましいなあ！　僕も、こういうところで暮らしたいなあ！」

「ありがとうございます」と、いちおう和哉は感謝の言葉を口にしてから、「だけど、ここリビングじゃありませんよ。洋食屋のフロアですから」と、ありふれた事実を告げた。

「あ、なーんだ」羨ましがって損した、とばかりに鵜飼の口調が変化した。「どうりでテーブルと椅子の数が多すぎると思いましたよ。それにカウンターもあるしレジもある。確かにここは洋食屋の店内。さてはここが噂の『ヒーローズ・キッチン』ですね」

「ええ、そうです。リビングは二階。ここは店舗でして……」

だけど、そんなの見りゃ判るだろ。大丈夫かアンタ⁉　と和哉は急に不安になった。今宵の犯罪計画における重要なポジションを、こんなテキトーな男に任せて、本当にいいのだろうか。

だが、和哉は弱気の虫を振り払うように頭を振った。

――臆病になっては駄目だ。いったん始めた計画は、最後までやり遂げるしかない！

和哉は毅然《きぜん》として顔を上げると、くるりと踵《きびす》を返して、「ところで、探偵さん」と鵜飼に語りかけた。だが、発した言葉はお店の壁に跳ね返るばかり。なぜか鵜飼の姿は店内のどこにも見当たらなかった。「あれ⁉　探偵さん――ちょっと探偵さん！」

慌てて扉を開け、和哉は廊下へ。瞬間、彼の全身に鳥肌が立ち、背中に冷たい汗が浮かんだ。あろうことか鵜飼は、二階へ続く階段をひとり勝手に上りはじめていた。

「ちょ、ちょっと！　な、なにしてんスか、探偵さん！　どこへいく気ですか！」

鵜飼は階段の途中で足を止めると、振り返りながら二階を指差した。

「どこって、リビングは二階なのでは？」

「…………」もちろん、そうだ。倉持邸のリビングは二階にある。

だが、二階には酒で眠らされた安西英雄がいる。おまけに風呂場の湯船には、烏賊川の泥水が溜まっているのだ。そんな場所にこの探偵が足を踏み入れて、また先ほどのように『建もの探訪』みたいな真似《まね》をやりはじめたら大変だ。今宵の計画は、たちまち頓挫《とんざ》してしまうだろう。

――畜生、そうはさせるか！

血相を変えた和哉は一気に階段を駆け上がり、鵜飼よりひとつ上の段に立った。くるりと鵜飼のほうに向き直ると、彼の身体《からだ》を押し返すように両手を前に突き出して叫ぶ。

「下りてください！　あなたへの依頼の件は、お店でお話ししますから！」

そんなこんなで数分後。『ヒーローズ・キッチン』の店内にて――

カウンターの中の和哉はバーテンダーのように振舞いながら、鵜飼の注文を聞いた。

「探偵さんは、なにを飲まれますか。珈琲《コーヒー》？　ビール？　それとも酎ハイとか？」

だがカウンター席に座る鵜飼は、片手を大きく振ってキッパリと拒絶の意思を示した。

「いえいえ、そんな、とんでもない！　僕は、あくまでも仕事でここにきたのであって、飲み物なんて……ましてやアルコールなど、僕は仕事中には一滴も……いや、そうですか、しかし……ああ、判りました……仕方がないですね……では、そこの棚にある『山崎《やまざき》』をハイボールで！」

最初に見せた拒絶の意思表示は幻影だったのだろうかと、和哉は首を捻《ひね》る。鵜飼はさらに「氷は少なめで結構。レモンはタップリ搾ってくださいね」と図々しく付け加えた。

「…………」鵜飼杜夫、タダ酒飲む気、満々じゃないか！

内心呆《あき》れながら、和哉はゆっくりとした動作で探偵の要求どおりのハイボールを作った。いや、正確には要求どおりとはいえないか。なぜなら探偵の示したボトルは、実際には『山崎』ではない。ラベルには『山崎』っぽい文字で、『川崎《かわさき》』と書かれている。といって、神奈川県の酒というわけでもない。烏賊川の水にこだわる地元の酒造メーカーが、独自に製造したウイスキーだ。「なんだ『山崎』の物真似じゃないか！」という消費者からの非難の声に対して、酒造メーカーの社長は、「物真似ではない。味は『山崎』とは似ても似つかないぞ！」と断固主張したのだとか。確かに、シツコイわりにコクのない味わいは、烏賊川市らしいオリジナリティーに溢れていると、一部の酒飲みには評判である。

そんな『川崎』のハイボールを、和哉はカウンター席の探偵に、ゆっくりと差し出した。

和哉としては、すべてのことに時間を掛ける必要があった。なぜならこの探偵には、少しでも長い時間、この店に留まっていてもらえるほうが有難いのだ。探偵の滞留時間が長ければ長いほど、和哉のアリバイはより確かなものになるのだから。

「わたしは下戸ですので、これでお付き合いしますね」

和哉はウーロン茶のグラスを手にした。鵜飼もタダ酒のグラスを高く掲げる。

「――乾杯」カウンター越しに二つのグラスがぶつかり合い、澄んだ音を立てた。

そして和哉はようやく依頼の内容を切り出す。もちろんタップリと時間を掛けながらだ。

「実はうちの飼い猫が行方不明でして、探偵さんに捜していただけないかと……名前はミーコっていいます……毛並みの美しい白い猫です……ああ、写真でしたら、こちらにありますよ……」

いうまでもなく、この依頼はダミー。探偵をアリバイの証人に仕立てるための嘘である。飼い猫の捜索にプロの探偵を雇うほど、和哉は猫好きではないし、そもそもミーコは行方不明にはなっていない。少しの間、押入れに隠れてもらっているだけなのだ。

だが、そうとは知らない鵜飼は、この依頼にそこそこの興味を示した。

「ふむ、なるほどなるほど。ペット捜しですか。だったら過去に経験がありますよ。とある三毛猫を捜して街中を駆け巡りながら、その一方で完全犯罪に見せかけた殺人事件を華麗に解き明かした経験がね。あれはそう、いまから一年ほど前、いや、三四年前だったか、いやいや、もう十年も昔の出来事のような気もしますが……」

「…………」なんの話だ、いったい？　思わず眉を顰《ひそ》める和哉だったが、

——まあ、いっか、恰好の時間潰しだ。

そう思い直した和哉は、カウンターを出ると鵜飼の隣の席に腰を下ろした。

「ほう、面白そうな話ですねえ。どんな事件だったんですか？」

和哉が水を向けると、探偵はグラス片手に揚々と過去の事件を語りはじめた（——が、今夜の出来事とはいっさい関係のない話なので、詳しいことは省略）。

結局、鵜飼の手柄話は一時間以上も続いた。すでに鵜飼は三、四杯のハイボールを飲み干している。気がつけば、時計の針は午後九時五十分を指していた。もう、そろそろ頃合だろう。そう判断した和哉は鵜飼の話を遮《さえぎ》るように、「ちょっと失礼」と小さく頭を下げて、おもむろにカウンターの席を立った。そのまま洋食屋のフロアを出ていこうとする彼の背中を、「ちょっと待って」と鵜飼の声がいきなり呼び止めた。

「！」ビクリと肩をすくめて、和哉は恐る恐る振り向く。「な、なんですか、探偵さん？」

「いや、どちらにいかれるのかなあ、と思って」

「ど、どちらって……トイレですよ、トイレ。二階にあるんです」

「はあ。でもトイレなら、このフロアにもあるじゃないですか。ほら、そこに」

鵜飼の指差す先には、壁に掛かった時計。その横に『お手洗い→』の表示があった。もちろん飲食店なのだからトイレはある。当たり前だ。だが和哉には、どうしても二階にいかなくてはならない理由があるのだ。そこで彼は前もって考えておいた、いかにもそれらしい口実を口にした。

「あれは、お客様用のトイレでして、お店の人間は使いません。そういう規則なんです」

「ならば、僕が許可します。使っていいですよ。さあ、どうぞ遠慮なさらず、存分に」

「ぞ、存分にって……」畜生、おまえの店かよ！

和哉は頰《ほお》の筋肉をヒクつかせながら、それでもなんとか冷静な声を保った。「いや、あの、実は僕、慣れたトイレのほうが落ち着くタイプでして。やはり二階のトイレに――」

照れくさそうに頭を掻きつつ、和哉は扉を開けて一階の廊下に出た。

瞬間、彼の表情が残忍な殺人者のそれに変化する。その表情のまま、和哉は猫のような俊敏さで階段を駆け上がり、瞬く間に二階のリビングに到着。ソファの上では、酔った安西英雄が相変わらず寝息を立てながら、昏々《こんこん》と眠り続けていた。

和哉はソファの傍《かたわ》らにしゃがみこむと、安西の身体に両腕を回し、それを持ち上げた。体力自慢の和哉にとっても、ズシリとくる重さだった。普段、他人をおんぶしたり抱っこしたりするのとは、まったく違う独特の重量感。安西が小柄で痩せた老人でなければ、和哉もきっと音《ね》を上げていたはずだ。和哉は全力を振り絞って安西を担ぎ上げると、真っ直ぐに風呂場へと向かった。

彼の目の前に、烏賊川の水を湛《たた》えた湯船。

――あとはもう、コイツの身体を濁った水の中に突っ込んでやるだけだ。

そう思って、和哉が安西の身体を湯船に向けようとした、ちょうどそのとき！

「ううむ」眠っていた安西が突然、呻《うめ》き声とともに目を開けた。「ん、なんだ、君か……」

「！」驚きのあまり、和哉の全身の毛が逆立つ。

口から飛び出しそうになる悲鳴を、和哉は強引に呑み込んだ。慌てて腕に力を込めると、安西の頭部を半ば強引に湯船に突っ込む。水中で逆さになった安西に抵抗する術《すべ》はない。

無我夢中の和哉は、ひたすら安西の頭を押さえ続けた。緊張と恐怖に満ちた数十秒が経過する。

やがて安西英雄の身体からは、徐々に力が失われていった――

ものの数分で事を終えた倉持和哉は、何食わぬ顔で洋食屋のフロアへと舞い戻った。カウンターでひとり待っていた探偵は、壁の時計にチラリと視線をやりながら、「どうです、スッキリしましたか？」と聞きようによっては深い意味にも取れる微妙な発言。

犯行の余韻冷めやらぬ和哉は思わず動転してしまい、「ス、スッキリだなんて、そ、そんな……」と、ついつい怯《おび》えた反応。だが、もちろん鵜飼は単にトイレの話をしているわけで、なにかを勘《かん》ぐっているわけではない。そのことに気付いた和哉は、慌てて頷いた。

「え、ええ！　スッキリしましたとも。――そういや、探偵さんの話の途中でしたね」

再び鵜飼の隣の席に腰を下ろして、和哉は探偵の話を促す。すると鵜飼はなぜかトロンとした目をこちらに向け、欠伸《あくび》を嚙み殺しながら呂律《ろれつ》の回らない口調でいった。

「ふわぁ、三毛猫にまつわる殺人事件の話が途中らったと思うんれすけどねえ……」

「思うんれすけど――って？」

鵜飼の異変に気付いた和哉は、「はッ！」と息を吞む。そして目の前に置かれた『川崎』のボトルを手に取ると、激しく悲鳴をあげた。「わあぁぁ――ッ！」

ボトルの中身は、いつの間にか空になっていた。

「こ、このボトル、さっきまで半分くらい残っていたはずなのに――ま、まさか！」

和哉は隣に座る探偵の顔に、自らの鼻を近づけクンクンと鼻を鳴らした。その身体から立ち上る濃厚なアルコール臭。あまりのことに和哉は探偵の胸倉を摑みそうになった。

「の、飲んだんですね！　ボトルに残った酒を全部、それも一気に！」

「ううん、全然、飲んでないれすから。飲んらのは、ほんのちょびっとれすから」

言葉とは裏腹に、鵜飼はもう明らかにベロンベロンとなる寸前である。

「…………」迂闊《うかつ》だった。和哉は青ざめた顔で唇を震わせた。

ほんの僅《わず》か目を離した隙《すき》に、こんな豪快で遠慮のない飲み方をするとは予想外だった。まさかそこまで図々しい男だとは、夢にも思わなかったのだ。だが飲まれてしまったものは仕方がない。

問題はこれからだ。

もし、このまま明日の朝を迎えたとする。そのとき、探偵の頭から前の晩の記憶がすっかり消えて無くなっていたら、どうなる⁉　アリバイを証言してくれる人物が、いなくなってしまうではないか。探偵の飲んだ酒量からすれば、その危険性は充分ある。

だが、それでは困るのだ。犯行に及ぶ以前ならば、まだ計画を中止することも出来た。だが、いまとなってはそれも不可能だ。安西英雄はすでに一個の水死体となって、湯船に沈んでいる。あとは、その死体を烏賊川に運び、それらしく水に浮かべるばかりだ。ここまでてしまった以上、いまさら犯罪計画は中止にも延期にも出来ない。

和哉は祈るような思いで、鵜飼の正気を確認した。

「本当に大丈夫なんですか、探偵さん。飲みすぎで記憶が飛んじゃうなんてことは、ないんでしょうね？　ちゃんと今夜のこと、憶《おぼ》えていてくれるんでしょうね。お願いしますよ、探偵さん」

「えー、大丈夫、だいじょーぶ！　忘れたりしませんよーだ！」

「………」こ、これは緊急事態だ！

和哉は脳味噌をフル回転させながら対応策を考えた。

そんな和哉の深刻な表情を、鵜飼が能天気な顔で覗き込んでいう。「おや!?　マズかったスか。怒ってるんスか。なら、いいですよ。酒代は僕の報酬から引いといてくらさい」

「そういう問題じゃないんですよ！」和哉は思わず声を荒らげる。

——畜生、こうなったら奥の手を使うしかない！

意を決した和哉は隣の鵜飼に鋭く命じた。

「ちょっと探偵さん、その口を開けてください！」

「え、なんで!?」と訳が判らない表情の鵜飼。その唇をこじ開けるように、和哉の右手が鵜飼の口許を狙う。鵜飼は和哉の指を半分ほどくわえ込みながら、「うげッ、うげッ！」

と唾を飛ばして激しく抵抗した。「な、なにしてんですか、倉持さん！　い、いくら依頼人だからって、た、探偵の口に無理やり指を突っ込むなんて！　こんな仕打ち、僕は初めてですよ！」

「――くそ、駄目か！」

鵜飼の口に指を突っ込み、強制的にゲロをさせる作戦は、こうしてアッサリ失敗した。

正直、和哉としてもあまり気乗りのしない作戦だったので、もう一度試みようという気分にはなれない。だが、彼の取った突飛な行動のせいで、鵜飼の酔いは一気に覚めたようだった。

「倉持さん、あなたも随分と無茶な人ですね。勝手に飲まれた酒が、そんなに惜しいんですか」

「いや、まあ、そういうわけじゃないんですけど、探偵さんに記憶をなくされては、明日のことが――いや、いまのはこっちの話。気にしないでください。――ああ、そうだ！」

和哉は椅子から立ち上がると、再びカウンターの中へ。カウンター越しに鵜飼と向き合った和哉は、フライパンを手にしながらいった。

「飲んでばかりじゃ悪酔いしてしまう。何か食べたほうがいい。僕が作りますよ。本職じゃありませんが、これでも結構、上手いんですよ。なにがいいですか？」

「え、なんでも作ってもらえるんですか。そりゃ嬉しいな」

鵜飼は歓声をあげると、さっそく指を折りながらお気に入りのメニューを並べた。

「ええっと、まず枝豆、エイヒレ、蛸《たこ》わさ、それから鶏のナンコツ揚げに、ひと口餃子……」

「ふんふん、枝豆、エイヒレ、蛸わさに鶏のナンコツ――って、おいこら！」

いきなりフライパンを放り捨てた和哉は、カウンター越しに太い腕を伸ばすと、ついに探偵の胸倉をむんずと摑んだ。「いい加減にしろ！　全部、酒のツマミじゃないか！　これ以上、まだ飲む気か、アンタ！」

依頼人のあまりの剣幕に、探偵は恐れをなしたように表情を強張《こわば》らせた。

「い、いいえ、もう飲みません！　ぼ、僕は仕事中は一滴も飲まない主義ですから！」

3

それから、さらに時間が経過した午後十一時過ぎ。倉持和哉が作った特製ナポリタンとコンソメスープを胃袋に収めた探偵は、「それでは飼い猫の捜索は、この僕にお任せください。必ずや捜し出して見せますから」と力強く自分の胸を拳で叩くと、「では、僕はこのへんで」といって、ふらつく足取りで『ヒーローズ・キッチン』を辞去していった。

「頼みましたよ。本当に今夜のこと、忘れないでくださいね。お願いしましたよ」

和哉は玄関先で何度も念を押すと、鵜飼の背中を祈るような思いで見送った。

やがて、ひとりになった和哉は、階段を上がって二階へ。その口からは不安な自分に向けられた言葉が、呟きとなって溢れ出していた。

「大丈夫だ……問題はない……あの探偵、身体は酔ってはいたが、頭は最後までそこそこマトモな状態を保っていた……そのはずだ」

もっとも、『そこそこマトモ』で、あの図々しくも頓珍漢《とんちんかん》な振る舞い。マトモじゃなくなったら、いったいどれほどの怪物に変貌を遂げることか。それを考えると、やはり和哉は自らの人選ミスを認めざるを得ない気がした。

「警察にも知られた有名な探偵だと聞いたんだが……なにかの間違いかな？」

首を捻りながら、和哉は階段を上がり終えた。真っ直ぐ脱衣場に向かい、その奥の風呂場へ足を踏み入れる。湯船の中には、息絶えて一時間以上が経過した安西英雄の死体。それは先ほどと同じ体勢で、濁った水の中に沈んでいた。

「あとは、この死体を烏賊川の適当な場所に浮かべてやれば……」

酔っ払った老人が川に落ちて溺れ死んだように見える。いや、そうとしか見えない。警察は、ありふれた水難事故として処理するはずだ。なにせ烏賊川市では近年、凶悪犯罪が頻発する一方、高齢者の水の事故も後を絶たない。重大事件で手一杯の警察は、通り一遍の調べでお茶を濁して、それで事を終わりにするだろう。微に入り細を穿《うが》つような徹底した捜査がおこなわれることはない。

それが和哉の目論見《もくろみ》だった。

「大丈夫、きっとうまくいく。あと、もう一頑張りだ」

自分を鼓舞するように呟きながら、和哉は湯船の死体に両手を伸ばしていった——

それから小一時間が経過した深夜零時過ぎ。烏賊川沿いの道路を走行する一台の乗用車があった。ハンドルを握るのは、黒尽《ず》くめの服装に身を包んだ倉持和哉だ。助手席と後部座席に人の姿はない。だが後部トランクを開け放てば、そこには毛布に覆われた安西英雄の死体が横たわっている。そんな痺《しび》れるような状況の中、和哉は懸命に車を走らせた。

「検問にでも引っ掛かれば一発でアウトだぞ……」

自分に言い聞かせる和哉の額には玉の汗が浮かぶ。だが、どれほど危険でも今回の犯罪計画遂行のために、これは避けて通れない道のりだった。そもそも、殺人そのものがリスクを伴う賭けなのだ。これぐらいの危険なドライブは、気合と度胸で乗り越えるしかない。

その大胆さが幸運を引き寄せたのだろうか。死体を載せた車は、検問にもネズミ捕りにも引っ掛からず、無事に烏賊川の河川敷に到着した。

和哉は河川敷の暗い小道をしばらく進んだところで、車を停めた。そこは何度か下見をして、目をつけていた場所だ。川の流れが一時的に緩まり、上流から流れてきた泥やゴミなどが堆積し、澱《よど》んだ池のようになった場所。ここなら死体を浮かべても、流されていく心配はない。そのことは、今回の計画の上では外せないポイントだった。

川に浮かべた水死体が、流れのままに遥か太平洋の大海原まで漂流してしまい、発見されたのは数日後――なんてことになったら、せっかく用意した今夜のアリバイが無駄になってしまう。

死体は迅速かつ確実に発見されるのが望ましい。

その点、ここはうってつけだった。このあたりは過去に何度か水死体が浮かんでいたことのある場所。いわば水難事故や入水《じゅすい》自殺の頻発地域であり、警官たちにしてみればパトロールの重点区域なのだ。浮かべた死体は、夜のうちに発見されるに違いない。

もっとも、パトロールの重点区域ということは、死体遺棄の現場を押さえられてしまう危険も高いということだ。その点は注意を要するのだが――

「とにかく、やるしかない！」

自らに気合を入れると、和哉は運転席から飛び出した。素早く周囲を見渡す。あたりに人の姿は見当たらない。安全確認を終えた和哉は、すぐさま車体の後ろに回り、トランクを開ける。毛布を乱暴に剝《は》ぎ取ると、安西英雄の濡れた身体が現れた。和哉はその死体を右の肩に担ぎ上げた。そのまま川原の地面を踏みしめ、なんとか川岸までたどり着く。

死体を肩から下ろし、川岸の岩場から澱んだ水の中へそっと死体を流し込む。水音はほとんど立たない。和哉の手を離れた死体は、両手を広げた恰好で、岸辺の水面にプカリと浮いた。その姿は誰がどう見ても水難事故の犠牲者、もしくは覚悟の自殺を遂げた高齢者だ。狙いどおりの光景に、和哉は自らの犯罪計画の成功を確信した。

「大丈夫だ……なにも問題ない……」

だが成功の余韻に浸っている暇はない。和哉は踵を返すと、自分の車へと駆け戻った。トランクを閉め、運転席に乗り込む。ものの数秒でエンジンを掛けると、和哉は車をスタートさせた。車は尻に火がついた猪のような勢いで、川原の小道を駆け抜け、再び川沿いの道路へ。そこから先は、何食わぬ顔で安全運転だ。和哉は車の進路を自宅へと向けた。

すると川を渡る橋の途中、彼の車は偶然にも白い自転車二台とすれ違った。自転車でパトロール中の警官たちだ。彼らは、やがて川に浮かんだ死体を見つけてくれるに違いない。

「頼みましたよ、お巡りさん……」

呟きながら和哉は、遠ざかっていく自転車の姿を、バックミラー越しに見送った。

4

翌日も『ヒーローズ・キッチン』は夏期休暇。妻は海外旅行中。そんな中、倉持和哉は自宅でひとりジリジリしながら、安西英雄変死事件の第一報が届くのを待っていた。

すると午前十一時、ついに倉持邸の玄関の呼び鈴が鳴った。

和哉は大急ぎで階段を駆け下りると、勢いよく玄関扉を開けた。扉の向こうに現れたのは烏賊川署の刑事たち――ではなくて昨夜の私立探偵、鵜飼杜夫だった。

和哉の顔を見るなり、鵜飼は例によって「やあ、昨夜はどうも！」と能天気な声で陽気な挨拶。そんな彼の肩からは大きな黒い鞄が、たすき掛けにぶら下がっている。探偵の来訪の意図を測りかねる和哉は、とりあえず彼を二階のリビングへと通した。

初めて倉持邸のリビングに足を踏み入れた鵜飼は、例によって「ほほう、立派なソファだなあ。実に弾力があって座り心地がいい。フローリングの床もピカピカですね。やあ、天井が高くて素晴らしいなあ」と、昨夜同様にひとしきり『建もの探訪』の物真似。やがて鵜飼の気が済んだころを見計らって、和哉は彼にソファを勧めた。

「ところで、こんな午前中からどうしました、探偵さん?」

「そうそう、そのことです」鵜飼は鞄の口を撫《な》で回しながら、「ふッふッふッ」と自信ありげな笑みを浮かべた。「さっそく連れてきましたよ、お待ちかねのやつを」

「お待ちかね?」事件の一報を持ってきたようには見えないが……

状況を把握しかねる和哉の前で、鵜飼は鞄の口を開けた。すると中に閉じ込められていた太った白猫が、鞄の口からひょいと顔を覗かせて、「ニャア!」と元気にひと声鳴いた。

「倉持さんがお捜しのミーコですよ」鵜飼は図々しくも、そう断言した。

「はあ、これがミーコですか!?」和哉は愛猫とは似ても似つかぬ、その太った白猫を呆れ顔で見詰めた。「残念ながら、これは僕が捜している猫とは違いますね」

なにせ本物は押入れにいるのだから、探偵がいくら頑張ったって見つかるわけがない。

そもそも今回の依頼は、あくまでも鵜飼をアリバイの証人に仕立てるための方便。大事なのは猫ではなく、鵜飼が昨夜の記憶をしっかりと保ってくれているかどうかだ。その点、若干の不安を拭《ぬぐ》いきれない和哉は、さりげなく鵜飼に尋ねてみた。

「ところで、今朝の気分はいかがです? 昨夜のこと、ちゃんと憶えていますか?」

「ええ、おかげさまで、記憶はしっかりしていますよ。——にしても、昨日もそうでしたが、やけに僕の記憶力に関心がおありのようですね。いったい、なんでです?」

「い、いやいや、べつに関心だなんて。せっかくプロの探偵を頼んだのに、依頼の内容を忘れられていたら困ると思っただけで……」

「なーに、忘れちゃいませんよ。だからこそ、今朝も早くから烏賊川の河川敷で白猫の捜索に勤《いそ》しんでいたんじゃありませんか。——だけど、そうですか、この白猫は別人、いや別猫ですか」

「え、河川敷⁉」その単語に和哉は思わずソファの上で背筋を伸ばした。「探偵さん、烏賊川の河川敷にいかれたんですか。で、いか、いか、いかがでしたかいかがわにいかれてみて？」

「はあ⁉　いかがいかがわにいかれて……⁉」

「違います。『烏賊川に行かれてみて、如何《いかが》でしたか？』と聞いているんです！」

「ああ、はいはい」鵜飼はようやく合点《がてん》がいったとばかりに頷くと、「そういえば、深夜に川で死体が発見されたとかで、河川敷が多少ザワついていましたね。どうやら、酔っ払いが川に落ちて溺れ死んだそうですよ。まあ、この街ではありがちな事故ですが」

ゴクリ、と思わず喉を鳴らした和哉は、まるで他人事《ひとごと》のように頷いた。

「な、なるほど。確かにありがちな事故ですね」

「あるいは自殺かもしれません。亡くなったのは、お年寄りだそうですから」

「ふむ、その可能性もあるでしょうね。いずれにしても悲しいことです」

「いや待てよ、ひょっとしたら殺人かも。遺産や保険金目当ての殺人とか……」

「……う！」鵜飼杜夫、なんて勘のいい奴！

和哉は内心で舌を巻きながら、「いやいや、それは考えすぎというものではありませんかねえ」と素知らぬフリで天井を見やった。「と、とにかく、その白猫は僕の猫ではない。悪いけれど、河川敷に返してきてもらえますか」

「えー、そうですかー、結構かわいい猫なのにー」

そういう問題じゃない。和哉はキッと探偵を睨《にら》みつけながら、「返してきてください！」

依頼人に命じられた探偵は、すごすごと白猫を鞄に戻すとソファを立った。

「では、僕は再び白猫の捜索に戻ります。また、似たやつを発見したら連れてきますね」

「似たやつ、ではなくて本物を頼みますよ、探偵さん」

ま、無理だけどね。心の中で舌を出しながら、和哉は鵜飼とともにリビングを出た。階段を下りて玄関へ向かう。鞄を抱いた鵜飼を玄関先まで見送る和哉。と、そのとき――

玄関前の路上に佇《たたず》む怪しい二人組の姿が、和哉の目に飛び込んできた。

ひとりは開襟シャツ姿の中年男。もうひとりは地味目のスーツを着た若い男だ。二人とも一見冴えないサラリーマン風。だが、厳《いか》つい顔だちと鋭い目つきに、タダ者ではない気配を感じる。

――ひょっとしてこの二人、オムライス警部とドライカレー刑事か？

思わず身構える和哉。その隣で、いきなり鵜飼が陽気な声をあげて二人の名前を呼んだ。

「やあ、これはこれは、砂川《すながわ》警部と志木《しき》刑事じゃありませんか！」


予想していたこととはいえ、刑事たちの突然の来訪は和哉を激しく動揺させた。緊張のあまり玄関先で根を張ったように動きを止める和哉。だが、そんな彼とは対照的に、鵜飼はまるで懐かしい友人に会ったかのように、二人に向かって自ら歩み寄っていった。

「烏賊川署が誇る得点王とアシスト王のお出ましとは光栄ですね。――で、お二人さん、いったい僕に何の御用ですか？　また流平《りゅうへい》君に殺人容疑でも掛かりましたか？」

「ふん、悪いが君に御用などない」砂川警部と呼ばれた開襟シャツの男は、アッサリ鵜飼の傍らを通り過ぎると、そのまま玄関先に佇む和哉のもとへと歩み寄った。手馴《てな》れた仕草で警察手帳を示しながら、砂川警部は和哉の目を鋭く見詰めた。「倉持和哉さんですね？　奥様はご在宅ですか……ほう、奥様は海外旅行中で留守ですか……では、仕方がありません。あなたとお話しするしかないようですね。少しばかり、お時間よろしいですかな？」

丁寧ながら、有無をいわさぬ断固とした口調。和哉は頷くしかなかった。

「ええ、結構ですよ。立ち話でいいのでしたら、ここでどうぞ」

「そうですか。実は倉持さんにとって悲しいお報《しら》せなんですが……」

と口を開いた砂川警部は、しかしすぐにやり難《にく》そうに顔を歪《ゆが》めた。そして、傍らに平然と佇む探偵を指差しながら、和哉に尋ねた。「えーっと、この男は、このままにしておいていいのですかな？　追い払ったほうが、お互い話がしやすいと思うんですがね」

「いえ、べつに構いませんよ。僕はなにも気にしていませんから」と鵜飼がいった。

「誰も君の意見など聞いとらん！　わたしは倉持さんに聞いておるのだ。――おい、志木！」

警部が呼ぶと、志木刑事は「はい、警部」と即答。すぐさま邪魔な探偵の首根っこを捕まえ、その場から追い出す素振り。探偵は嫌々をするように、身をよじって抵抗する。

和哉は、「まあまあ、そう邪険にしないで」と興奮気味の刑事たちに冷静さを求めた。

「彼は僕がペット捜しのために雇った探偵さんです。勝手に追い払わないでくださいね。状況によっては、僕の味方になってくれるかもしれませんし。――そんなことより、いったい何なのですか、悲しい報せというのは？」

聞かれて砂川警部は、あらためて沈痛な面《おも》持《も》ちを浮かべた。

「実は、安西英雄氏が亡くなりました。ご存知ですね、安西氏のことは」

「ええ、もちろん。妻の叔父に当たる方です。しかし、まさか。信じられません。本当に亡くなったのですか。いったい、なぜ？　交通事故かなにかですか？」

「昨夜、烏賊川の岸辺で溺れているのを、パトロール中の警官が発見しました。すぐに引き上げて病院に運んだのですが、すでに手遅れでした。まことに残念でした」

「そうでしたか。しかし、なぜ安西さんは川で溺れたりしたのでしょうか。しかも夜に」

「安西氏は、かなりの量のお酒を飲まれていたようです。酒に酔った安西氏は、夜風に誘われて、ふらふらと川岸に近づき、そこで誤って川に転落。そのまま帰らぬ人となった。そういった可能性が考えられます」

「なるほど。では、これはありふれた水難事故？」

「あるいは自殺かもしれません。安西氏が自殺を図る理由に心当たりは？」

「いえ、具体的には、なにも。ですが、もう年齢も年齢でしたし、なにかと不安を抱えることが多かったのかもしれません。健康のこととか、先々のこととか」

「確かにそれはあるでしょうね。――ですが、ひょっとすると殺人かも」

「…………」きた！　和哉は密かに警戒を強めた。「殺人？　なにか疑わしい点でも？」

「いえいえ、そういうわけではありません。ただ、現場は夜の河川敷です。何者かが密かに安西氏の背後に忍び寄り、ドンとその背中を一突きしたとすれば……」

「なるほど。事故や自殺と見分けがつかない、というわけですね」

頷きながら、和哉は心の中で快哉《かいさい》を叫んだ。

砂川警部は殺人の可能性までは考慮しているらしい。だが、その犯行が烏賊川から遠く離れた、この倉持邸の風呂場であるとまでは考えていない。仮に殺人だとしても、それは烏賊川の岸辺での出来事だと決め付けているのだ。

警察がその凡庸《ぼんよう》極まる思考に凝り固まっている限り、和哉の身は安泰といえた。なにしろ彼には、昨夜のアリバイがあるのだ。和哉は俄然《がぜん》、強気になった。

——さあ、聞いてくれ！　昨夜のアリバイを確かめたいんだろ！

和哉はウズウズするような気分で、正面から砂川警部を見詰めた。警部は和哉の期待に応えるかのように、おもむろに口を開いた。

「ところで、ひとつ質問して、よろしいですかな？」

「ええ、構いませんとも。なんでも聞いてください」

「それは助かります。では、遠慮なくお尋ねしますが、実は、倉持さんの昨夜のアリバイを教えていただきたいのです。いや、べつに疑うわけではないのですよ。ただ、安西氏と親しい人々の話によれば、安西氏の身寄りといえば、姪御さんがひとりいるだけ。すなわち、あなたの奥様だ。安西氏が死んだ場合、その遺産はあなたの奥様が相続されるのではありませんか？　だとすれば、いちおうは調べてみる必要があるのではないかと……」

　いちおう、どころか、完璧に疑いの目で見ていることは明白だ。しかし和哉は敢えてにこやかな表情で頷いた。「なるほど、アリバイですか。いや、当然の質問です」

「まあ、あくまでも形式的な質問だとお考えください」申し訳なさそうに頭を掻きながら、ついに砂川警部は和哉のアリバイを尋ねた。「安西英雄氏の死亡推定時刻は昨夜の午後十時前後――正確には午後九時から十一時までの二時間ほどだと思われるのですが――あなたはその時間帯に、どこでなにをしていましたか？」

「ふむ、午後九時から十一時ですか。いやあ、偶然だなあ。まさにその時間帯、僕はこの家の一階のフロアにいましたよ。――ね、倉持さん！」と、なぜか鵜飼が答えた。

「誰も君のアリバイなど聞いとりゃせん！　勝手に割り込むんじゃない。――おい、志木！」

　警部が呼ぶと、志木刑事は再び「はい、警部」と即答。鵜飼の背中を摑んで、彼の身体を和哉のもとから引き離す。鵜飼は「やれやれ」と溜め息を吐《つ》きながら引き下がった。

　アリバイを問う警察に対して、真犯人が余裕のポーズで偽りのアリバイを語る――そんな犯人側の見せ場は、でしゃばりな探偵のせいで見事に台無しになった。和哉は鵜飼の鼻をぶん殴ってやりたい衝動に駆られた。だがまあ、誰が証言しようが、アリバイはアリバイだ。和哉は怒りを鎮めるように息を吐くと、冷静な表情で鵜飼の発言を追認した。

「ええ、探偵さんのいうとおりですよ。僕はその時間帯、この家の一階で、ずっとこの探偵さんと一緒でした。ペット捜しの依頼中でしてね。つまり、この探偵さんが証人ってわけです」

和哉が指で示すと、鵜飼はあらためて、「間違いありません」と首を縦に振った。

二人の証言が一致するのを見て、警部は「うーむ、そうですか」と残念そうな呻き声を発した。

「納得していただけましたか」和哉の顔に勝利者の笑みが浮かぶ。

「ええ、確かに立派なアリバイです」警部は真っ直ぐに頷くと、おもむろに指を一本立てて、「ですが、もうひとつだけお尋ねしてよろしいですかな」と、しぶとく食い下がった。

「もうひとつ⁉」和哉は不満げに唇を尖《とが》らせる。「なんですか、もうひとつの質問って」

「実は、アリバイについてなんですが」

「はあ⁉ アリバイなら、いま答えたじゃありませんか。安西さんの死亡推定時刻は午後九時から十一時までの二時間。その時間帯、僕は探偵さんと一緒にこの家にいた。僕が安西さんを川に突き落とすなんて、まったく不可能じゃありませんか」

「ええ、おっしゃるとおり。そこでお尋ねしたいのですよ、もうひとつのアリバイを」

もうひとつのアリバイ⁉　警部の言葉に、和哉は眉を顰める。

そんな和哉の顔を正面から見据えながら、砂川警部はよく響く声で、こう尋ねた。

「倉持さん、昨夜の午後九時五十三分ごろ、あなたはどこでなにをしていましたか？」

砂川警部の意外な問いに、和哉はしばらく言葉が出なかった。

何度か口をパクパクさせてから、ようやく彼は絞り出すように率直な疑問を口にした。

「な、なんです、警部さん、その九時五十三分というのは？　いったい、なんの時刻ですか？」

「もちろん安西英雄氏が亡くなったとされる時刻ですよ」

「な、なにをいってるんですか。安西さんが亡くなったのは、午後九時から十一時までの時間帯だと、警部さん、さっきそういったじゃありませんか。それなのに、なぜ？」

「午後九時から十一時という死亡推定時刻は、検視に立ち会った監察医の所見です」

「そうですか。じゃあ、九時五十三分というピンポイントの時刻は、いったい——？」

「それは死体の状況を見て、我々が判断した死亡推定時刻です。といっても難しい話ではありません。実は死体の嵌《は》めていた時計が壊れて、針が止まっていたのですよ。九時五十三分でね。よって、この時刻が安西氏の死亡した時刻と推定されるというわけです」

「と、時計が壊れていたですって⁉」和哉の背中を冷たい汗が流れる。

――そんな馬鹿な。自分は時計を壊していない。ならば、いったい誰が？

混乱する和哉に、砂川警部が落ち着いた声で説明した。

「いや、壊れていたといっても、誰かが踏みつけて壊したとか、そういうんじゃありませんよ。時計はね、川の水に浸かって壊れたんです。それで針の動きが止まったんですね」

「…………」

説明を聞いた和哉は一瞬沈黙。やがて半笑いになって、首を左右に振った。

「は、はは、そんな馬鹿な。警部さん、僕にカマをかける魂胆ですか？　すぐバレるような嘘はやめてください」

「――というと？」

「安西さんの時計はロレックスですよ。水に浸かったぐらいで、簡単に止まったりはしないはずだ」

「ですが、安西氏のローレックスは、実際に止まってしまったんですね」

「あり得ない。ロレックスといえば高級時計の代名詞。百メートル防水が当たり前の高性能な時計です。そのロレックスが川の水に浸かったぐらいで――ん⁉」その瞬間、和哉はあることに気がつき、警部の顔をマジマジと見詰めた。「――ローレックス⁉」

「はい。ロ－レックスです。――おい、志木、例のやつを」

するると志木刑事は「はい、警部」と頷き、スーツの胸ポケットから透明なビニール袋を取り出して、和哉の顔の前にかざした。袋の中身は高級感溢れる銀色の腕時計だ。

和哉は、その時計に見覚えがあった。昨夜、安西英雄が左の手首に嵌めていた腕時計だ。

和哉は息を呑みながら、恐る恐るその文字盤を確認した。時計の針は九時五十三分でピタリと静止している。続けて、その文字盤に飾り文字で記されたロゴに目をやる。間違いなかった。

そこには、あまりにも豪華すぎる金文字で、確かに『ＲＯＯＯＬＥＸ』とロゴが記されている。

和哉は砂川警部の言葉に、頷くよりほかなかった。

「な、なるほど、確かにこれは『ロレックス』ではなく、『ローレックス』……」

「ええ、正確には『ロォーーレックス』とでも呼ぶべき代物です。早い話がバッタもんだ。まあ、烏賊川市ではありがちな話です。倉持さんもご存知でしょ。駅前の緑の看板のカフェ。あれは『スターバックス』じゃなくて『スターボックス』。中心街の『タリーズコーヒー』に似たお店は、実は『チャーリーズコーヒー』。塩辛通りの『エクセルシオール』は――」

「『アクセクショール』だ。知ってますとも。うちに置いてある『山崎』だって、実は『川崎』ですからね！　しかし、まさか、あの人が、こんな安物の偽ブランド時計を嵌めているだなんて。そんなケチな真似をしているとは……」

「まあ、ケチだからこそ資産を蓄えることが出来た、とも考えられますよ」

砂川警部はそういって、再び和哉のほうを向いた。「ところで話を戻しますが、この時計は所詮、安物のコピー商品。当然、防水加工などテキトーなものでしかない。同じ種類の時計を水に沈めて実験してみたところ、時計の針は水没してから一分も経《た》たないうちに動かなくなりました。このことから察するに、安西氏が嵌めていた時計の示す九時五十三分という時刻は、安西氏が水中に没した時刻を、ほぼ示していると考えていい、というわけです。お判りですね、倉持さん？」

「………」和哉はゴクリと唾を呑みながら頷いた。

「では、あらためて伺います。倉持さん、あなたは昨夜の九時五十三分に、どこでなにをしていましたか？」

「ど、どこでなにをって、も、もちろん、その時刻も僕はこの探偵さんと一緒でしたよ。探偵さんの愉快な手柄話を散々聞かされて、少々うんざりしていたところで――」

「いや、ちょっと待ってくださいね」

和哉の言葉を遮ったのは、当の探偵だった。「昨夜の九時五十三分ですね。その時刻なら、倉持さんは僕の前にはいませんでした。その時刻、彼は二階のトイレにいっていましたから」

「――な！」

和哉は鵜飼の余計な発言に思わず絶句。だが、鵜飼はなおも昨夜の記憶をたどった。

「正確には、倉持さんは午後九時五十分ぐらいに席を立ち、九時五十六分ごろに戻ってきたんです。なので九時五十三分には、僕の前にはいませんでした。ええ、時計を見たので間違いありません。確かに昨夜の倉持さんは、午後九時から十一時の間、僕とずっと一緒にいました。けれど、午後九時五十三分の前後数分間だけは、なぜか僕の前から姿を消していたんです。偶然だとすれば、なんとも運の悪いことですが……」

鵜飼の言い方は、いかにもそれが偶然の一致ではないことを、匂わせるものだった。

切羽詰った和哉は、唇を歪めながら、思わず探偵の胸倉に摑みかかった。

「な、なにをいうんだ、アンタ！　そんな細かい時刻を、なんでアンタが記憶しているんだ！」

すると鵜飼も口角泡を飛ばして言い返す。

「なんでって、それは依頼人であるあなたが、僕にいったからですよ。忘れないでください、ちゃんと憶えていてください——って、何度も何度も繰り返し念を押したのは、あなたでしょ！」

「ああ、確かに昨夜はそういったさ。飲みすぎたアンタの様子が頼りなかったからな！」

——だけど、余計な時刻まで憶えといてくれなくて良かったんだぞ、このヘボ探偵め！

心の中で毒づきながら、和哉は鵜飼の身体を思いっきり突き飛ばす。それから再び砂川警部に向き直ると、乱れた息の間から切れ切れに尋ねた。

「け、警部さん、ぼ、僕のアリバイは？　アリバイは認めてもらえるんでしょうね？」

だが、警部は申し訳なさそうな表情を浮かべながら、首を左右に振った。

「残念ながら倉持さん、あなたのアリバイを完全なものと認めることは出来ません。なぜなら」

砂川警部は倉持邸の二階に視線を向けながら、冷たい声でいった。

「人ひとり溺死させるぐらいは、風呂場でも出来るのですから——」

ゆるキャラはなぜ殺される

1

烏賊川《いかがわ》市。どんな詳しい地図を広げてみても、けっして探し出すことはできないけれど、そのくせ新聞の社会面ではたびたびその名を見かける関東の地方都市である。そんないかがわしい街の中心部を何食わぬ顔して流れる川といえば、一級河川の烏賊川だ。

かつては烏賊を始めとする海産物の運搬に用いられた天然の運河。もっとも、交通網の発達した現代においては、物資を運搬する経路としての役割はほぼ終えている。最近はもっぱら犯罪者たちが死体の運搬に用いたり、風呂場で殺害した相手を溺死事故に見せかけるために利用する程度である。いずれにせよ、昔もいまも烏賊川が、街の人々の暮らしに根ざした存在であることに変わりはない。

そんな烏賊川の川沿いには、いままで秘密にしてきたけれど、実は結構大きな公園がある。『烏賊川リバーサイドパーク』という洒落《しやれ》た名前のその公園が造られたのは、バブル経済華やかなりし八〇年代。テーマパークや箱モノ建設に沸く周囲の自治体を見渡しながら、「自分たちもとりあえず何か造らなきゃ！」という強い決意を抱いた役人たちが、「じゃあ、でっかい公園でも造るか！」という素敵な構想をもとに、うっかり完成させた大型観光施設である。まさに税金をドブに、いや、一級河川に捨てるような暴挙というより他ない。

結果、『烏賊川リバーサイドパーク』は毎年のように赤字を垂れ流しながら、現在もなお、僅《わず》かな数の観光客に親しまれ、そして多くの市民に疎《うと》まれている。

「——まったく、なんでこんな馬鹿みたいな公園造ったのかしらね」

この街で、若いながらビル経営をおこなうプチセレブ、二宮朱美《にのみやあけみ》もまた、この無駄に大きな公園の存在を疎ましく思う市民のひとりだった。そんな朱美の素朴な疑問に、隣を歩く背広姿の私立探偵、鵜飼杜夫《うかいもりお》が答えていう。「まさしく、今日みたいな日のために造られたのかもな。見ろよ、君。普段は閑散としている公園が、人でいっぱいじゃないか」

鵜飼の言葉どおり、いつもは川沿いの不良資産として寂れた光景を露呈している『烏賊川リバーサイドパーク』が、今日ばかりは大勢の市民で溢れかえっている。まるでバブル景気が甦《よみがえ》ったかのような賑《にぎ》わいだ。だが、もちろんそれには理由がある。この週末は好天に恵まれた三連休。そんな中、烏賊川市の年に一度のビッグイベント『烏賊川市民フェスティバル』、通称『烏賊フェス』が、この公園をメイン会場として開催中なのだ。

おまけに今日はその最終日。普段から娯楽に飢え、暇を持て余した市民たちが、ここぞとばかりに大挙して会場に押し寄せている。もちろん、朱美と鵜飼もそんな暇を持て余した烏賊川市民そのもの。二人は単なる暇潰《つぶ》しで、この会場を訪れているのだった。

ちなみに、この三日間、『烏賊フェス』で催されたイベントといえば、地元少年少女による「吹奏楽パレード」、地元有志による「烏賊踊り披露」、そして地元飲食店経営者たちによる「B級烏賊グルメ・グランプリ（通称、烏賊－1グランプリ）」などである。

「お祭り、結構盛り上がっているみたいねー」

そういいながら、朱美は屋台で購入した生烏賊バーガーをガブリと頬張《ほおば》る。生烏賊バーガーとは、新鮮な烏賊をバンズに挟んで醬油ソースで食べるハンバーガー（？）。その斬新な発想がウケて、今年の『烏賊－1グランプリ』に輝いたB級グルメである。ちなみに、開発したのは地元のハンバーガー店ではなく、老舗《しにせ》の寿司屋なのだとか。

「確かにこれは寿司に近い発想ね。なかなかイケるわ。まさにB級烏賊グルメね」

「あ、ああ、確かにB級以下グルメ……いや、C級以下かもな」ひと口食べた鵜飼は、ゲリラ豪雨直前の空模様のように、どんよりと表情を曇らせていった。「忘れていたよ。そういや君は、腐った牡蠣《かき》をパンに挟んで僕に食わせようとするほどの味覚音痴だったたな」

「あら、そんなことあったかしら？」朱美は全然憶《おぼ》えていないとばかりに首を傾《かし》げた。

「まあ、いいわ。それより何か飲み物を買いましょ。生烏賊バーガーに合う飲み物を」

「そんなもんが、この世にあるとは思えないけどな」鵜飼は周囲を見渡しながら、会場の一点に目を留めた。「やあ、ちょうどあそこに飲み物の出店がある。いってみよう」

二人は会場の片隅の出店を訪れた。店といっても大きなパラソルの下に赤い水槽を置いただけの簡素な作りだ。水を張った水槽には、大きな氷とペットボトルのドリンク類が浮かんでいる。パラソルの下で店番をするのは、エプロン姿が良く似合う女の子だ。

朱美が「こんにちは」と挨拶しながら歩み寄ると、女の子は「いらっしゃいませぇ、何にいたしますかぁ」と独特の語尾を伸ばす言葉遣いで二人を迎えた。

瞬間、鵜飼と朱美の動きがピタリと止まる。朱美は一瞬、鵜飼と顔を見合わせ、それからあらためて目の前の女の子の姿をマジマジと見やった。

年齢は二十歳前後だろうか。くりくりした眸《ひとみ》が可愛らしい童顔の女の子だ。愛嬌のある顔の両側で、二つ結びにした髪の毛が揺れている。朱美にとっては初めて見る顔。だが隣の鵜飼は懐かしそうな声を発した。

「やあ、その顔、その二つ結びの髪、そして丸に『吉』の字がプリントされた、そのエプロン——」

記憶をたどるように少女の特徴をチェックする鵜飼は、彼女の顔をズバリと指差していった。

「君、吉岡《よしおか》酒店の看板娘、沙耶香《さやか》ちゃんじゃないか。久しぶりだねえ」

「どうも、探偵さん、ご無沙汰してますぅ」看板娘が嬉しそうに微笑《ほほえ》む。

「こんな場所で再会できるなんて奇遇だね。烏賊神《いかがみ》神社の殺人事件以来だっけ？」

「はい、その節はどうも」

と笑顔で頷く沙耶香。だが次の瞬間、シマッタとばかりに表情を歪《ゆが》めた彼女は、いきなりブンと激しく首を振って、「いいえ、違いますッ」と無理やり前言を撤回し、顎《あご》に手を当てた。「えー、烏賊神神社の事件って何ですかぁ？　わたしが探偵さんにお会いするのはビールケースの盗難事件以来ですぅ。あれ以来、一度もお会いしていませぇん。だから朱美さんとは、今日が初対面ですぅ。そうですよねえ、朱美さん？」

「え、ええ、確かに顔を見るのは初めてだけど……」

でも本当に初対面ならば、あなたがあたしの名前を知っているのは、おかしくない？

朱美は沙耶香への疑惑を深める。そもそも、この少女の語尾を長く伸ばす喋《しゃべ》り口調には、明らかに聞き覚えがあるのだ。この娘には確かに以前、会っている。そう、烏賊神神社の祠《ほこら》で女性が殺されていた事件だ。あのとき偶然、神社に居合わせて、快刀乱麻の名推理を見せた人物、いや生物、いやいや謎の生命体と呼ぶべきか——それが確か、こんな喋り方だったはず。そう思った朱美は念のため確認してみようと、口を開く。

「沙耶香ちゃん、ひょっとしてあなた、烏賊神神社にいた、ゆるキャ――」

と、そのとき突然、お祭り会場に響き渡る女性のアナウンス。

「お知らせします。本日おこなわれる『烏賊川市ゆるキャラコンテスト』、通称『ゆるコン』に出場の方は、いますぐお祭り本部に集まってください。遅刻したら即刻負けです。――あ、それから、面倒くさいので、ちゃんと着替えた状態できてくださいね！」

よろしく頼みますよ、と付け加えて不機嫌なアナウンスは終了した。鵜飼はアナウンスが聞こえてきた方角に不思議そうな顔を向けながら、

「『着替えてこい』なんて、ゆるキャラの本質を根底から覆すようなアナウンスだな」

「あの手のキャラクターは、元からああいう姿をしてるっていう設定なのにね」

配慮の足りないアナウンスに、朱美と鵜飼は揃って呆《あき》れ顔。するとその直後、鵜飼が素っ頓狂な声を発した。「あれ!? 沙耶香ちゃんがいない。彼女、どこにいったんだ!?」

「え!? 彼女なら、そこに……」といって、朱美がパラソルの下に視線を戻すと、そこに少女の姿はすでになく、代わりに見知らぬおじさんが佇《たたず》んでいる。エプロンには丸に「吉」の字。どうやら沙耶香の父親らしい。「沙耶香ちゃんはどこへ？」といちおう聞いてみたものの、おじさんは肩をすくめて遥か遠くを見詰めるばかりだった。

「いったいどこへいったのかしら、沙耶香ちゃん？」

「うむ、何か急な用事でも思い出したのかな？」

互いに首を傾げる朱美と鵜飼。けれど、まあ、いないものは仕方がない。割り切った朱美たちは、おじさんからコーラ二本を購入。喉を潤しながら出店の前を離れようとしたのだが、次の瞬間、目の前をいそいそと通り過ぎる巨大な白い影に気付き、二人は揃って口の中のコーラを路上に噴いた。

「あ、あれは、確か……」

「み、見覚えあるわ……」

それは全体に白っぽい色をした謎の生命体だった。

矢印のようにとんがった頭と、けっして瞬《まばた》きしない二つの目、樽のように膨らんだ胴体。腰の辺りからは、八本の白い触手のようなものが伸びている。まるでフラダンスの腰蓑《こしみの》のようだが、たぶんあれは足なのだろう。その八本とは別に、胴体部分からハッキリと人間、それも女の子のものだと判《わか》る二本の足が覗《のぞ》いているから、足の数は合計十本。ということは、これは烏賊だ。烏賊なのだ！

そんな不気味な巨大烏賊——正確には、白くて巨大な烏賊の着ぐるみを着た女の子——に向かって、鵜飼はいともアッサリ声を掛けた。

「おや、沙耶香ちゃん、どこへいくんだい？　店番はいいの？」

身も蓋もない鵜飼の問いに、巨大烏賊は強い衝撃を受けたらしい。まるで銃弾を受けたかのように、「——どてッ！」と正面からその場に倒れ込む。そのままジタバタと足だけを動かす巨大烏賊（の着ぐるみを着た少女）。すぐさま朱美は鵜飼の軽率な発言を咎《とが》めた。

「駄目よ、鵜飼さん。ゆるキャラを中の人の名前で呼ぶなんてルール違反だわ」

「えー!?　だって、あれは明らかに沙耶香ちゃんだろ。他には考えられない」

まあ、たぶんそうなのだろう、と朱美も思う。烏賊神神社の事件で名推理を披露した謎の生命体。それこそが、この巨大烏賊の着ぐるみを着たゆるキャラだった。中に入っているのは、おそらく吉岡酒店の看板娘だ。「とにかく助けてあげましょ。あの烏賊、足はあるけど手がないから自分じゃ起き上がれないのよ」

「まったく、世話の焼けるキャラ設定だな」不満を呟《つぶや》きながらも、鵜飼は地面でジタバタするばかりのゆるキャラを助け起こす。そしてホッとひと息つく中の人に対して、真剣な顔で忠告した。「手を出す穴ぐらい開けとけば？　そのほうが便利だと思うよ」

「それは駄目ですぅ。手がある烏賊なんて烏賊じゃありませぇん」

どうやら烏賊には烏賊なりのリアリズム精神があるらしい。細部への意外なこだわりを見せたゆるキャラは、二人の前でペコリと一礼すると、「では、わたしは先を急ぎますので」といって踵《きびす》を返す。その白く大きな背中に向かって、思わず朱美は声を掛けた。

「ゆるキャラコンテストに出場するんでしょ。応援してるわよ、沙耶香ちゃん」

思いがけず声援を受けた巨大烏賊は、振り向いて嬉しそうに身体《からだ》を揺する仕草。だが次の瞬間、何かに気付いたように突然ピタリと動きを止めた巨大烏賊は、一直線に朱美のもとまで歩み寄ると、「ち、違いますぅ」と激しく抗議する口調でいった。

「さ、沙耶香じゃないですぅ。わたしの名前はマイカ、剣崎《けんさき》マイカですぅ！」

――ああ、そういや、そういう名前だったわね。

記憶を喚起された朱美は、怒るマイカに「ゴメン」と両手を合わせるのだった。

2

「ゆるキャラコンテストか。さっき、アナウンスしてたやつだな。だったら僕らがお祭り本部まで付き添ってあげよう。途中でまた転倒して遅刻したら、不戦敗なんだろ」

鵜飼の申し出に対し、剣崎マイカは微動だにしない表情のままで、「ありがとうございますぅ、助かりますぅ」といって尖《とが》った頭を下げた。

こうして朱美と鵜飼それにマイカを加えた三人は、いや二人と一匹は、いやいや二人と一杯は、さっそくお祭り本部へと向かった。本部はゆるキャラコンテストが開催されるメインステージのすぐ傍《そば》である。大勢の人で混雑する会場内を、朱美たちは意外にもスイスイと進んだ。マイカが通るだけで、みんなが気色悪がって道を開けてくれるのだ。こんなに人が近寄ってこない（逆に離れていく）ゆるキャラというのは、果たして存在意義があるのだろうか、と朱美は心配になる。

やがて前方に本部のテントが見えてきたころ、

「おや、あれは何だ⁉」

鵜飼が立ち止まって道の端を指で示す。そこには巨大な河豚《ふぐ》を思わせる物体が、仰向《あおむ》けに倒れていた。茶色い胴体から伸びる二本の足が、ジタバタと虚《むな》しく空を蹴っている。道行く人はかかわり合いになりたくないのか、誰もが見て見ぬフリで通り過ぎていくようだ。

「河豚の恰好したゆるキャラだわ。マイカちゃんのお知り合い？」

「河豚じゃありません。あれはハリセンボンのハリー君ですぅ」

いわれてみると確かに、河豚に似た丸い胴体には、無数の茶色い突起物が見える。あれはハリセンボンのトゲを表しているのだろう。もちろん触っても痛くもなんともない、見せ掛けのトゲなのだろうが、見た目のインパクトは充分だ。

「ハリー君は今回の『ゆるコン』の優勝候補と噂される一匹なんですけど……うふ、可哀想に……あれじゃ不戦敗ですねぇ」

『うふ』って何？　助けてあげないの？」敵の失策を喜ぶようなマイカの態度に、朱美はゆるキャラの見てはならない邪悪な一面を垣間見た気がした。「駄目よ、可哀想だわ」

「えーッ、可哀想だなんて、そんなことないですぅ。ハリー君は普段から尊大な態度で怒りっぽく、トゲトゲしくて他人を傷つけてばかり。小さな魚たちは彼の餌食《えじき》になり、大きな魚たちは彼の棘《とげ》に悩まされて、迂闊《うかつ》に近づくこともできない。まさしく海の嫌われ者ですぅ」

それってハリー君？　それともハリセンボン全般の生態についていっているのかしら？　首を傾げる朱美をよそに、鵜飼は仰向けになったハリー君へと歩み寄る。そして、その大きな唇に向かって話しかけた。「どうしたんだい？　こんなところでひっくり返って」

すると分厚い唇の隙間《すきま》から、ハリー君の苦しげな声が聞こえてきた。

「女の子に突き飛ばされてしまったんだボン。なにしろ、おいらは子供たちに大人気だから、みんなが大喜びで飛び掛かってくるんだボン。お願いだから助けてくれだボン」

「ふーん、その語尾に『〜だボン』って付けるのが、君のキャラ設定なんだな」

「そうだボン」と頷《うなず》いたハリー君は、すぐさま声を荒らげて、「いいや、違うんだボン。これはキャラ設定じゃなくて、生まれたときからの、おいらの口癖だボン」と無理やり言い張る。

「ああ、そうかい」判った判った、と面倒くさそうに呟きながら、鵜飼は仰向けになったハリー君を助け起こす。ハリー君の着ぐるみは弾力のある素材でできており、まるでゴム製のボールのような柔軟性があった。「手を出す穴ぐらい開けとけよ。そうすりゃ自分で立てるだろ」

「それは駄目だボン。手が生えたハリセンボンだって充分、変なんだよ！」

「足の生えたハリセンボンだって、変なんだよ！」

鵜飼はハリー君の唇に向かって、そう叫んだ。大きな唇の裂け目から、中の人が覗き見えるのだ。だが、助けてもらったハリー君（の中に入っている男）は、鵜飼の傍《かたわ》らに佇むマイカの姿を見るなり、警戒するように距離を取った。

「ははん、おまえたち、剣崎マイカの仲間だな。ふん、助けてもらったことは感謝するが、『ゆるコン』は真剣勝負の場だ。賞金も懸かっているしな。おい、剣崎マイカ、俺はおまえに勝ちを譲る気は毛頭ない。コンテストでは圧倒的な人気の差を思い知らせてやるぜ」

「？」挑発されたマイカは、なぜか慌てた態度でライバルに囁《ささや》きかける。「ちょ、ちょっと、ハリー君！　生まれたときからの口癖を忘れているんじゃあるマイカ？」

「え!?　あ、シマッタ」と結構ハッキリと叫んだハリー君は、あらためてマイカのほうを向きながら、「圧倒的な人気の差を思い知らせてやるだボン！」と挑発の言葉を言い直す。

そうして踵を返したハリー君は、「もういくだボン、集合の時刻だボン」と、まるでリーダーのような口ぶり。自ら先頭を切るようにお祭り本部に向けて、歩き始めるのだった。

お祭り本部で受付を済ませた剣崎マイカとハリー君は、すぐさま隣のテントへと移動していく。四方を白い幕で目隠ししたテントだ。白い幕の一部分だけが四角く切り取られていて、黒いカーテンが掛かっている。そこが出入口らしい。マイカとハリー君は出入口のカーテンを身体で払いながら、テントの中へと足を踏み入れていった。

朱美と鵜飼は出入口のカーテンの隙間から、興味本位でテントの中を覗き込む。たちまち鵜飼の口から啞然《あぜん》とした声が漏れた。

「なんだい、こりゃ!?　まるで、ゆるキャラたちの動物園、いや水族館だな」

「駄目よ、そんなこといっちゃ。きっとここ、『ゆるコン』出場者の控え室なんだわ」

そこに見えるのは、マイカとハリー君のほか、先に到着していた二匹のゆるキャラたちの姿だった。まずマイカのもとに歩み寄ってきたのは、川魚風の着ぐるみキャラクターだ。

その姿を見て、マイカは「お久しぶりですぅ、ヤマメちゃん」と親しげに呼びかける。

《ヤマメちゃん》と呼ばれた川魚のゆるキャラは、見た目ぬらぬらしていてグロテスクな

印象だが、性別でいうと女の子らしい。身体の前で胸びれをパタパタさせながら、

「いよいよ『ゆるコン』の本番だマメ～、なんだか緊張するマメ～」

と、すっかりヤマメのキャラになりきりながら、灰色の身体を可愛らしげにくねらせている。もっとも、足の生えた魚のキャラクターは、どうしたって可愛くはならないのだが。

そんなヤマメちゃんの隣には、緑色の甲羅を背負った巨大な亀の姿。どうやら緑亀をモチーフにしたキャラクターらしい。マイカはその亀のバケモノを《亀吉君《かめきち》》と呼んだ。

「亀吉君はリラックスしているように見えますぅ。自信、ありそうですぅ」

「そんなことないカメ。僕だって緊張で背中の甲羅がもうかっちかちだカメ」

「えー、亀の甲羅がかっちかちなのは、最初からですぅ」

とマイカが即座にツッコミを入れると、「それもそうカメ」と亀吉君が頭を掻《か》く。マイカ、ヤマメちゃん、亀吉君、三匹の間に巻き起こる微《かす》かな笑いの渦。それを眺めながら、鵜飼が唸《うな》った。

「うーん、さすがゆるキャラ！　キャラもゆるいが、笑いもゆるいなー」

「シッ、聞こえちゃうわよ」朱美は出入口に身を潜めながら、息を殺す。

だが四匹のゆるキャラたちは、朱美たちの存在に全然気付いていない様子。それが証拠に、いかにも油断した様子のハリー君が、ゆるキャラにあるまじき大人の台詞《せりふ》を口にした。

「コンテストの本番までには、まだ時間があるボン。ちょっと一服してくるボン」

「どうぞ、ご勝手にカメ」と亀吉君は素《そ》っ気《け》ない態度。テントの奥を手で示しながら、

「喫煙スペースなら隣のテントだカメよ」

見ると、テントは二つ続きになっているらしい。こちらのテントが控え室。隣のテントが喫煙室というわけだ。二つのテントの間は、やはり白い幕で遮られていて、黒いカーテンが掛かった部分が出入口となっている。ハリー君はその出入口のカーテンを押し退《の》けながら、隣の喫煙テントへと移動していった。すると喫煙テントの中から響いてきたのは、しわがれた男性の声だ。

「おやハリー君、あんたも一服するワシ？　悪いが、ワシから少し離れて吸ってくれワシ。ワシは自分の煙草は大好きだけれど、他人の煙を吸わされるのは大嫌いワシ……」

嫌味たっぷりな男の言葉に、ハリー君も同様の嫌味な言葉を返す。

「いわれるまでもないボン。俺だって、ワシオさんの顔を見ながらじゃ、気持ちよく一服できないボン。俺はこっちのほうで勝手にやらせてもらうボン……」

声が聞こえるだけなので、詳しい状況は判らないが、どうやら喫煙テントには《ワシオさん》と呼ばれる鳥のゆるキャラがいて、すでに煙草をくゆらせているらしい。

大きな翼に煙草を挟み、口から煙を吐く巨大な鷲《わし》。そんな姿を想像して、朱美は噴き出

しそうになる。

「会話の雰囲気からすると、ハリー君とワシオさんはライバル関係みたいね」

「ハリセンボンと鷲が犬猿の仲か。魚と鳥のくせに、どこでどう喧嘩するんだ？」

呆れ顔の鵜飼が呟く。するとそのとき、出入口付近に身を潜める二人の背後から、突然響く叱責の声。「——コラ、そんなところで何してるカニ！」

驚いて振り向くと、そこに立つのは赤い甲羅を頭から被《かぶ》ったキャラクター。毛蟹《けがに》か何かをモチーフにしたらしい蟹のゆるキャラだ。胴体から突き出た両手の先は、蟹のシンボルである大きなハサミ。だが、そのハサミには、なぜか包帯がぐるぐる巻きにしてある。巨大な蟹は、その包帯を巻いたハサミを前に突き出しながら、少年っぽさを感じさせる甲高《かんだか》い声で叫んだ。

「ここは、『ゆるコン』に出場するゆるキャラの控え室だカニ。部外者は立入禁止だカニ」

ゆるキャラらしからぬ強硬な態度だ。鵜飼は慌てて相手をなだめにかかる。

「悪気はなかったんです。ただ、ゆるキャラの控え室ってどんな感じなのかなあ、と興味を持っただけで。だから、そんなに怒んないでくださいよ、ねえ、蟹江《かにえ》さん……」

「《蟹江さん》じゃないカニ！　僕の名前はケガニン。だから包帯巻いてるんだカニ！」

「なるほど。怪我人と毛蟹を掛けてるわけだ。——おーい朱美さん、座布団一枚！」

おーい山田《やまだ》君、みたいにいわないでね。朱美が呆れ顔で溜め息をついていると、騒ぎを聞きつけた控え室のゆるキャラ二匹が、出入口のカーテンを揺らしながら姿を現した。ヤマメちゃんと剣崎マイカである。

朱美たちの存在を知った彼女たちは、揃って驚きの表情を浮かべながら——といいたいところだが、なにせ着ぐるみには細かい表情を表す機能が備わっていないので、彼女たちは表情ではなく自分たちの言葉でもって、その驚きと怒りを表現した。

「二人とも、こんなところに入ってきてはいけませぇ〜ん」と剣崎マイカが語尾を伸ばす。

「いやぁん！　一般人に覗かれてたマメ〜」とヤマメちゃんが身体をくねらせる。

女性陣二匹を味方につけて、ケガニンがさらに強硬な態度で詰め寄る。

「ひょっとして、あんた、スキャンダルを狙う雑誌記者じゃないカニ？」

「ち、違う違うッ」鵜飼はゆるキャラたちの前で慌てて両手を振った。「雑誌記者じゃなくて、僕は私立探偵だウカイ。君たちと同じ、ゆるキャラみたいなもんだウカイ……」

なんで自分からゆるキャラに寄せていこうとするの？　自分でいってて哀しくないの、鵜飼さん？

あまりに情けない探偵の態度に、思わず目を伏せる朱美。すると、そのとき！

「ぎゃあああぁぁぁ——ッ」

誰のものだか判らない叫び声がテントの中から聞こえてきた。それに呼応するように、目の前のゆるキャラたちもそれぞれのキャラを守りながら声をあげる。

「い、いまのは悲鳴ではあるマイカ」

「いったい何が起こったカニ？」

「判らないマメ～」

ゆるキャラたちは慌てて、控え室テントへと飛び込んでいった。朱美と鵜飼もそれに続く。すると、そこには大きな甲羅を背負った亀吉君の姿があるばかり。亀吉君は困惑の表情を浮かべながら——といいたいところだが、やはり彼の着ぐるみにも表情を変える機能は付いていない。ただ立ちすくむばかりの亀吉君に、ケガニンが問い掛けた。

「いったい何があったカニ？」

亀吉君はテントの奥の出入口を指差しながら、声を震わせた。

「わ、判らないカメ！　ひ、悲鳴が、喫煙テントの中から悲鳴が聞こえたカメ！」

ゆるキャラたちの顔が、喫煙テントに続く出入口へと向けられる。次の瞬間、彼らはいっせいに駆け出した。控え室テントを横切り、その奥にある喫煙テントの出入口を目指す。だが巨大な烏賊やら亀やら蟹やら川魚やらが、たったひとつの出入口に殺到すれば、何が起こるかは自明の理。大きな身体を互いにぶつけ合った四匹は、「わあ！」「きゃあ！」と無様な悲鳴をあげながら、地面の上に「バタン！」「ゴロン！」と転がった。

一瞬で巨大な障害物と化したゆるキャラたちを見やりながら、鵜飼が呟く。

「まったく――自分の車幅《しゃはば》感覚がないのか、この連中は？」

「そんなことより、喫煙テントが心配だわ！」

朱美は障害物を跨《また》ぎながら、隣のテントに通じる出入口へ。黒いカーテンを払いのけて、喫煙テントの中へと飛び込んでいく。彼女の後に鵜飼も続いた。

喫煙テントの広さは四畳半程度。喫煙者のためにスタンド式の灰皿やパイプ椅子が置いてある。中央付近に衝立《ついたて》があり、殺風景な空間を二つに分けていた。その衝立で区切られた手前の空間に、巨大な鷲を思わせる茶色い着ぐるみが、呆然と立っている。これが《ワシオさん》という名のゆるキャラなのだろう。そのワシオさんの足許《あしもと》に目を転じると、そこにはハリー君の丸々とした身体が横たわっていた。さきほどは仰向けだったが、今回はうつ伏せである。

「どうしたの、ハリー君!?」

駆け寄りながら、朱美はすぐ異状に気付いた。地べたに横たわるハリー君は全然ジタバタしていない。胴体から覗いた両足は、力なく伸びきったまま微動だにしないのだ。これはおかしい。すぐさま朱美は、うつ伏せのハリー君を抱えあげようとしたのだが、

「——お、重ッ！　ハリー君、重ッ！」

　中の人の体重に着ぐるみの重量が加わり、ハリー君の身体は馬鹿みたいに重かった。朱美は鵜飼の力を借りながら、なんとかハリー君を仰向けの状態にする。するとそのとき、

「——うッ！」

　鵜飼の口から短い呻《うめ》き声が漏れた。突起物の多いハリー君の着ぐるみ。その胸の部分に真っ赤な染みが浮かんでいたからだ。鵜飼は指先でその赤い液体に触れると、眉を顰《ひそ》めた。

「これは、ひょっとして血!?　中の人が出血しているってことか」

「とにかく、この着ぐるみを脱がせてみましょ！」

　朱美の言葉に促されて、鵜飼が慌ててファスナーの位置を探す。朱美もその作業を手伝った。と、そのとき偶然、朱美の視界の端に映る一個の物体。朱美は地面の上に転がったその物体を指で示しながら、思わず声を震わせた。

「う、鵜飼さん、ひょっとしてハリー君は、それで胸を刺されたんじゃ……」

　朱美が指先で示した物体。それは柄の部分が茶色いアイスピックだった。錐《きり》のように尖った先端には、生々しい赤い液体が付着している。

　一瞬顔を見合わせる朱美と鵜飼。そして二人は示し合わせたように、その視線を傍らに立つ鷲のゆるキャラへと向けた。すると二人の視線の意味を悟ったのだろう。いままで沈

黙したまま立ち尽くしていたワシオさんが、「ち、違う！　ワシじゃない！　ワシが刺したんじゃないワシ！」と悲痛な叫び声を発した。

大きな翼をバタバタさせながら無実を訴える巨大な鷲。その懸命な声も姿も、朱美の目には、いい大人がただふざけているようにしか見えなかった——

3

数分後。ハリセンボンの着ぐるみを脱がされたハリー君（の中の人）は、喫煙テントの地面の上に横たえられていた。ジーンズを穿《は》いた若い男だ。ポロシャツの胸のあたりは、噴き出した血で赤く染まっている。その男の首筋に手を当てながら、脈拍を診《み》ようとする鵜飼。その横顔を真剣に見詰める朱美。その周囲にはハリー君の容態を心配するゆるキャラたちの姿があった。先ほどまで、出入口付近で障害物と化していた彼らは、互いに助け合いながら体勢を立て直し、いまでは事態の成り行きを真剣に見守っているのだった。

そんな中、鵜飼は残念そうに首を左右に振った。

「駄目だ、死んでいる……」

たちまち、ゆるキャラたちの間から、悲鳴にも似た驚きの声が湧き上がった。

「ハリー君が死んじゃったマメ〜」

「なんてことカメ、信じられないカメ！」

「なぜ、こうなったカニ？」

ヤマメちゃん、亀吉君、ケガニンの三匹が口々に激しい動揺を露《あらわ》にする。そんな中、ただひとり冷静な対応をするゆるキャラの姿があった。剣崎マイカである。マイカはその白い巨体をゆすりながら、仲間のゆるキャラたちに向かって懸命に訴えた。

「いずれにしても、これは事件ではあるマイカ。ならば、ここは警察に任せるべきではあるマイカ。それが我々、善良なるゆるキャラの使命ではあるマイカ……」

「マイカちゃんのいうとおりだな」鵜飼も立ち上がりながら頷いた。「ハリー君の中の人は、胸を刺されて死んでいる。どう見ても自然死じゃない。警察を呼ぶべきだ」

いいながら、自ら携帯を取り出す鵜飼。だが、その瞬間、彼の背後から響く男の声。

「待ってください。ここに警察を呼ばれては困ります」

む！　と呻き声をあげて鵜飼が振り向く。そこに立っていたのは背広姿の中年男性だった。いまどき珍しい七三分けの髪。野暮《やぼ》ったい黒縁の眼鏡《めがね》。平凡さを敢えて強調したようなその姿を眺めながら、鵜飼は男に尋ねた。

「えーと、あなたは、何のゆるキャラですかね？」

「いいえ。わたしは、ゆるキャラではありません」

中年男は眼鏡の顔をキッパリと左右に振った。「わたしは烏賊川市役所の観光課で課長を務めております、吉田《よしだ》と申します」

「へえ、吉田……」鵜飼は一瞬キョトンとした顔で、「変わったお名前ですねえ！」

「普通ですよ、いたって普通！」吉田は憮然《ぶぜん》とした顔でいった。「あなたの周りにいるゆるキャラたちが全員個性的な名前だから、吉田って名前が変に感じるだけです」

それもそっか、と納得顔の鵜飼は、あらためて観光課長の吉田に聞いた。

「それで、先ほどの発言はどういう意味ですか。ここに警察を呼ばれては困る。あなたは、そうおっしゃいましたよね。いったい何が困るというんですか」

「考えても見てください。いまは『烏賊フェス』の真っ最中ですよ。いま、ここに警察を呼んだら、きっと大騒ぎだ。しかもそれが殺人事件で犯人はまだ捕まっていないと判れば、果たして観客はどう反応するでしょうか。大勢のお客さんが恐怖のあまりパニックを起こすかもしれない。そうなれば祭りは滅茶苦茶になってしまう。観光課の面目は丸つぶれ。わたしは責任を取らされ、閑職に回されてしまうかもだ。そんなこと断じて許されるものではありません」そして吉田は真剣な面持《おもも》ちで訴えた。「ですから、ここはどうしても、祭りの成功を最優先に考えるべきなのです」

「保身のため、ですか？」

「市民のため、ですよ！」

観光課長はどこまでも真面目な顔である。鵜飼は「やれやれ」とばかりに首を振った。

「ま、あなたの懸念は判らないでもありませんがね。で、僕らはどうするべきだと？」

「祭りのイベントも、あとは『ゆるキャラコンテスト』を残すのみ。どう転んだって、祭りはあと数時間で終わるわけです。だったら、警察への通報はその『ゆるコン』の終了を待ってからでも遅くはないでしょう。なに、ほんの数時間のことです。だいいち、烏賊川市民が楽しみにしている『ゆるコン』を、いまさら中止にできないじゃありませんか」

ね、お願いしますよ、と両手を合わせる観光課長吉田。その横で、ゆるキャラたちもいっせいに鵜飼に対して懇願の言葉を口にする。

「わたしたちからもお願いだマメ～」

「コンテストを中止にしないでカメ」

「僕たちの未来がかかっているカニ」

「どうか頼みを聞いてはくれマイカ」

あ、マイカちゃんが寝返った。事件の真相より『ゆるコン』開催のほうが大事なのね！

呆れる朱美の横で、鵜飼は腕組みしながら溜め息をついた。

「はあ、べつに僕は祭りの主催者じゃないし、善良な市民でもないから、通報を遅らせるぐらいのことは全然構いませんけどね。でも、ちょっと待ってくださいよ。――やっぱり、通報を遅らせたとしても、それはそれで困った事態が起こるんじゃありませんか」

「どういうことです？」

「だって、この状態で『ゆるコン』を開催するわけでしょ。すると、誰かが優勝の栄冠を勝ち取ってスポットライトを浴びるわけだ。新聞やテレビも大々的に報じるでしょうし、優勝したゆるキャラの顔と名前は、たちまちネットを通じて全国に知れ渡ります」

「そうですとも。それこそがイベントの狙いですからね。それが、どうかしましたか」

「その優勝したゆるキャラが、後になって、『実はハリー君殺害の真犯人でした』なんてことになったとしたら？　烏賊川市の評判は地に墜ちることになりませんか？」

まあ、いまだって街の評判は最低レベルですがね、と皮肉を付け加える鵜飼。その目の前で、観光課長の吉田は「――うッ」と顔を強張《こわば》らせて、ブルブル震えはじめた。

「たた、確かに、あなたのいうとおりだ。ど、どうしよう。『ゆるコン』は中止にはできない。だが、万が一にも殺人犯を優勝者に選んだりしたら、あとあともっと大変なことになる……」

難しい判断を迫られて、観光課長の顔は見る間に青ざめていく。口の中で「中止か開催か？　開催か中止か？」とブツブツ繰り返していた観光課長は、やがて何を思ったのか、自分の右手と左手でジャンケンを始めた。二度のあいこの後、チョキを出した右手が勝利。観光課長は強張った顔を上げた。「で、では、よ、予定どおり開催という方向で……」

「おいコラ、あんた！」吉田の決定を覆《くつがえ》すように鵜飼が叫ぶ。「右手が勝ったら『開催』って誰が決めたんだ。そんないい加減な決め方ってあるか。もっとちゃんとしろ。いいな。あんたが勝ったら『開催』、僕が勝ったら『中止』だ。——よし最初はグー！　ジャン・ケン・ポ……」

「馬鹿ぁ——ッ」

朱美は鵜飼の背中を突き飛ばし、突き飛ばされた鵜飼は目の前の観光課長を突き飛ばす。玉突き事故のような現象とともに、男二人のふざけた勝負は強制的に終了となった。

「ジャンケンで決めることじゃないでしょ！　もっと真面目にやんなさい！」

するとと人間たちの繰り広げる愚かなドタバタ劇に愛想を尽かしたのだろうか。ゆるキャラの一匹が、この事態を丸く治める唯一の手段を提示した。白い怪物、剣崎マイカである。

「いまは愉快にジャンケンしている場合ではありませぇん。こうなった以上、残された手段は、ただひとつ。それは『ゆるコン』の開始時刻までに、犯人を捕まえることではあるマイカ」

「犯人を捕まえる？」朱美は眉根を寄せた。「警察の力を借りず、あたしたちだけで？」

「そうですぅ。そして犯人を除いた他のゆるキャラたちだけで、予定どおりにコンテストを争うんですぅ。そうすれば、殺人犯を優勝させるような失態は免《まぬが》れられるのではあるマイカと、そう思いますぅ。幸い、ここには探偵さんもいることですしぃ」

「いや、マイカちゃん、探偵っていってもねえ……」

朱美は先ほど自分が突き飛ばした男を横目で見やる。鵜飼は観光課長とともに、喫煙テントの端でようやく立ち上がり、背広の汚れを手で払っているところだ。確かに、彼が探偵であることは事実。だが正直なところ朱美は、この男が期待どおりの活躍を見せてくれるかどうか、確信が持てない。なぜなら鵜飼という探偵は、なんらかのスイッチが偶然入ったときに意外な活躍を見せる男ではあるのだが、いつどこでどんなスイッチが入るか、それがサッパリ判らない男なのだ。ということは、それによって必然的に導き出される、ひとつの結論がある。朱美はそのことを率直にマイカに告げた。

「この人って、タイムリミットのある事件には向かない探偵なのよねえ」

だが、そんな朱美の声は、観光課長の「それだッ」という大声でかき消された。

「確かに、その烏賊のバケモンがいったとおりです。こうなった以上、他に手段はない。烏賊川市観光課として依頼します。探偵さん、どうか『ゆるコン』の開始時間までに、この事件の犯人を暴き出してください。報酬はちゃんとお支払いいたしますから」

報酬、という言葉を聞いて、朱美は思わず非難の声をあげた。

「駄目よ、そんなの。税金の無駄遣いだわ。市民として反対」

「おいおい、リアルに失敬だな、朱美さん。烏賊川市の役人たちと違って、僕は税金を無駄にしたりしないぜ」

と鵜飼は烏賊川市の役人を前にしながらリアルに失敬な発言。そのことに気付きもしない彼は、観光課長に対して悠然と握手の右手を差し出した。「その依頼、この鵜飼杜夫が確かにお引き受けしました。必ずや、真犯人を明らかにして差し上げますよ」

ありがとうございます、といって探偵と握手を交わす観光課長吉田。その隣で、剣崎マイカは尖った頭を揺すりながら、激しい憤りを露にするのだった。

「そ、そんなことより、烏賊のバケモンだなんて酷《ひど》い！　あんまりではあるマイカ！」

4

こうしてハリー君の死の真相は、探偵による調査にゆだねられることとなった。

まず鵜飼は死体から脱がせた着ぐるみを丹念に観察した。胸の部分に針で刺したような小さな穴を発見。アイスピックが貫通した穴だと思われた。さらに着ぐるみの内側を調べてみると、そこに煙草一箱とジッポーのオイルライター、それから吸いかけてすぐに火が消えたらしい煙草が一本見つかった。探偵はそれらの品物を、凶器のアイスピックと一緒にパイプ椅子の上に並べて置いた。

それから鵜飼は、ハリー君（の中の人）の死体を喫煙テントに残したまま、隣の控え室テントへと移動した。朱美や観光課長、ゆるキャラたちも探偵の後に続く。

控え室テントの中央に立った鵜飼は、あらためて腕時計を確認。残された時間の少ないことを、容疑者であるゆるキャラたちに告げた。

「『ゆるコン』開始時刻まで、あと一時間しかありません。それまでに真犯人を見つけ出さないと、コンテストは中止になります。どうかみなさん、ご協力を」

芝居がかった態度で頭を下げる鵜飼。すると緑の甲羅を背負った亀吉君から、いきなり事件に幕を引こうとする発言が飛び出した。「真犯人を捜し出すのに一時間も必要ないカメ。『ゆるコン』はワシオさんを除いた他のゆるキャラたちだけで争うカメ」

「そ、それは、どういう意味だワシ！」ワシオさんが気色《けしき》ばむ。

「どうもこうもないカメ。現場の状況から見て、ワシオさん以外に犯人はあり得ないカメ。そもそも喫煙テントには、ワシオさんとハリー君しかいなかったカメ。他のキャラたちは全員、控え室のテントで一緒だったカメ。喫煙テントに入っていったキャラも出てきたキャラもいないカメ。それに、このテントは周囲を隙間なく幕で覆ってあるから、出入口以外からは誰も出入りできないカメ。すなわち外部犯の可能性はないカメ。ならば、ワシオさんがやったとしか考えられないカメよ」

「ワシじゃない、ワシは犯人じゃない！」

ワシオさんは、いまにも大空高く舞い上がってしまいそうな勢いで翼をバタバタさせながら、ゆるキャラ仲間に対して懸命に自らの無実を訴えた。

「ワシとハリー君は、衝立を挟んでテントの左右に分かれて一服していた。ワシはハリー君のことなど気にも留めず、ただひたすら『ゆるコン』本番でのパフォーマンスを考えていたのだ。そうするうちに、衝立の向こう側でバッタリと誰かが――といっても、もちろんハリー君しかいないわけだが――地面に倒れるような音がした。それから『――うぐッ』というような呻き声も聞こえてきた。なんだろうと思って、衝立の向こう側を覗き込んでみると、そこには地面に突っ伏したハリー君の姿があった。近づいて呼びかけてみたが、ハリー君は返事もしなければ身動きもしない。それでわたしは怖くなって、あのような悲鳴をあげてしまったのだ」

「………」

自らの訴えを終えるワシオさん。そんな彼に向けられる、戸惑うような一同の視線。微妙な間があった後、ワシオさんはいきなり「ハッ」と我に返ると、慌てて言い直した。

「そ、それでワシは怖くなって、あ、あのような悲鳴をあげてしまったんだワシ！」

キャラを取り戻したワシオさん。それを見て、ホーッと安堵《あんど》の溜め息を漏らす一同。うっかり素《す》の自分に戻るという大失態を演じたワシオさんは、悔しそうに身を震わせている。たとえ一瞬でもキャラを忘れるということは、ゆるキャラにとって恥辱の極みであるらしい。

「ワシオさんは、ああいってるけど、探偵さんは彼の話を信じるのカニ？」

少年っぽい声をした毛蟹キャラが、鵜飼に意見を求める。すると鵜飼は意外な答えを口にした。

「ええ、信じますよ。ワシオさんはハリー君殺しの真犯人ではないと思います」

なんだって、というようにゆるキャラたちの間に動揺が広がる。そんな中、観光課長の吉田が黒縁眼鏡を指で押し上げながら探偵に確認した。

「いったい何を根拠に、そう断言できるのですか？　ワシオさんは犯人ではないと」

「簡単なことですよ。だってホラ、ワシオさんの手を見てください。彼の手は鷲の翼になっているでしょう。あれではアイスピックを持つことができないじゃありませんか」

ないワシオさんが、ハリー君を刺し殺せるわけがない。道理ですなあ。ということは逆に考えると、犯人はアイスピックを持てるゆるキャラということか……」

「な、なるほど、確かに」

観光課長は、目から鱗《うろこ》が落ちた、とばかりに両目を瞬《しばたた》かせた。「アイスピックを持て

観光課長の言葉に導かれるように、ゆるキャラたちはお互いの手許に視線を巡らせる。やがて、それらの視線は一匹のキャラの手許へと集中していった。ワシオさんを真犯人として告発した当人、緑亀の亀吉君である。亀吉君は心外だとばかりに声を荒らげた。

「ぼ、僕じゃないカメ。確かに僕の手は、指が五本あって、物をつカメるようになっているけど、僕はアイスピックでハリー君を刺してなんかいないカメ」

「だけど、他にいないカニ」とケガニンが断言する。「僕の両手は大きなハサミになっているカニ。これだと物を挟むことはできても摑《つか》むことはできないカニ。ヤマメちゃんの両手は胸ビレになっているし、ワシオさんの両手は翼。マイカちゃんに至っては、足は十本もあるけど手は一本も付いていないカニ。アイスピックをしっかり摑めるキャラは、亀吉君しかいないカニよ」

「そ、そんなことないカメ」焦った亀吉君は目の前の男を指差して、「吉田がいるカメ」

「な、なに言い出すんですか、亀吉君。わたしはゆるキャラじゃないヨシ」

——観光課長まで、なんか変なキャラ作ってる！

ゆるキャラの恐るべき影響力と、あまりの吉田の軽々しさに、朱美は開いた口が塞《ふさ》がらない。そんな彼女の前で亀吉君は、さらに必死の自己弁護を試みる。

「僕はずっと控え室テントにいて、喫煙テントには一歩も足を踏み入れていないカメ。一緒にいたヤマメちゃんやマイカちゃんが証人になってくれるカメ。——ねえ、ヤマメちゃん？」

「ええ、亀吉君はわたしたちと一緒にゆるい冗談を言い合って、隣で笑っていたマメ。亀吉君がハリー君を刺す機会はなかったマメ。彼は犯人じゃないマメよ」

とヤマメちゃんは仲間の亀吉君を健気《けなげ》に弁護。だが、そんな彼女の隣で、あの白いバケモンが疑り深い名探偵モードを全開にしながら、おもむろに口を開いた。

「いいや、そうとは限らないのではあるマイカ……」

「な、なにをいっているの、マイカちゃん⁉　わたしたち亀吉君と一緒だったマメよ」

「ええ、確かにそうでしたぁ。だけど問題なのは、控え室テントの出入口で、鵜飼さんたちとケガニンの小競り合いが始まったときですぅ。あのとき、わたしとヤマメちゃんは、すぐ出入口に駆けつけましたぁ。けれど、亀吉君だけは騒ぎに加わらずに、ひとりテントの中に居残っていましたぁ。あの瞬間だけ、亀吉君は誰からも見られることなく、ひとりで行動することができたんですぅ。ならば、その隙を利用して、素早く隣の喫煙テントに移動して、そこにいるハリー君をアイスピックで突き刺すことも可能だったのではあるマイカ？　そして何食わぬ顔でまた控え室テントに戻り、ずっとそこにいたかのように演技していたのではあるマイカ？　そんなふうにも考えられると思うんですぅ」

マイカの指摘を受け、朱美も咄嗟《とっさ》に記憶の糸を手繰《たぐ》った。確かにワシオさんの悲鳴があがったとき、亀吉君だけは控え室テントの中に、ひとりで佇んでいた。あのとき、亀吉君は悲鳴を聞いて驚いたような素振りを見せていたが、実際は犯行をおこなった直後だったのではあるマイカ。自分たちはまんまと彼に一杯喰わされたのではあるマイカ……

無意識のうちにマイカの影響を受けながら、朱美は納得して頷いた。

「マイカちゃんのいうとおりだわ。要するにこれは一種の早業《はやわざ》殺人だったってわけね。亀のキャラには全然似合わないけれど」

「うむ、スピーディーに動く亀吉君は、確かに想像しづらいな。だが、逆にそのイメージを利用した賢い犯行ともいえるわけだ。——どうだい、亀吉君、降参するかい？」

鵜飼の問い掛けを受けた亀吉君は、しかし次の瞬間、「ふっふっふっ」と不敵な笑い声。そして腰に手を当てると、少しだけ身体を伸ばした。カメにしてみれば、これでも充分に胸を張ったポーズなのだろう。一同を眺め回すようにしながら、亀吉君は反論に移った。

「早業殺人!?　そんなの無理カメ。みんなはひとつ大きな勘違いをしているカメよ」

「勘違い、というと？」鵜飼が首を傾げて聞く。

「みんなは僕が亀というキャラを守るために、わざとゆっくりな動きをしていると、そう思っているカメね。でも、これは単なるキャラ設定じゃないカメ。実際、僕はゆっくりとしか動けないカメよ。なぜなら、僕は他のみんなと違って、この二十キロの重さのある鉄の甲羅を常に背負っているカメ……」

「な、なにぃ、二十キロの甲羅だって！」素っ頓狂な声を発した鵜飼が、亀吉君の背中に大股で歩み寄る。緑色の甲羅を手で撫《な》で回し、こぶしで叩《たた》く鵜飼。その表情が驚愕の色に染まるまで、少しの時間しかかからなかった。鵜飼は叫ぶようにいった。「鉄だ！　確かに、この甲羅は鉄でできている。重さ二十キロは嘘じゃない。ううむ、なんというキャラ根性だ！」

鵜飼の叫びを聞いて、朱美は往年の野球漫画に登場した、鉄下駄やナントカリーグ養成ギプスなどを思い出した。亀吉君は敢えて鉄製の甲羅を背負い、汗水たらしながら遅いスピードで動いていたのだ。自らを鈍重な亀に一歩でも近づけるために……

驚きの真実を目《ま》の当たりにしたゆるキャラたちが、いっせいに亀吉君を取り囲んだ。

「二十キロの甲羅カニ。それじゃあ、早業殺人なんて絶対、不可能カニ？」

「もちろんだウカイ。早業殺人どころか、動くだけで精一杯のはずだウカイ」

「そこまでして、キャラになりきろうとするなんて、ゆるキャラの鑑《かがみ》ではあるマイカ」

「いや、もはや彼はゆるキャラじゃないヨシ。完成された亀キャラクターだヨシ」

「やっぱり、亀吉君は犯人じゃないマメ〜。ホッとしたマメ〜」

「ありがとう。疑いが晴れて、僕も嬉しいカメよ」

「うーん、そうなると、また事件は振り出しに戻ったワシな」

驚愕と賞賛、安堵と落胆の思いを、ゆるキャラたちは思い思いに口にする。どのゆるキャラがどの台詞を口にしているのかは、台詞の内容と語尾で判断してもらいたいアケミ！

5

そんなこんなで事件解決の糸口さえ見出《みいだ》せないまま三十分が経過。『ゆるコン』の開始時刻まで、残り三十分となったところで、痺《しび》れを切らしたようにワシオさんがいった。

「すまないが、ワシ、ここで煙草を吸わせてもらっても、いいワシか。死体の転がったままの喫煙テントでは落ち着いて一服できないワシよ」

ワシオさんはヘビースモーカーらしい。ゆるキャラ全員（鵜飼と吉田を含む）がワシオさんの喫煙に同意を与えた。そんな中、鵜飼がいまさらながら素朴な疑問を口にした。

「煙草を吸うというけれど、いったいどうやって吸うんですか。いったん着ぐるみを脱ぐんですか」

「いいや、そんな面倒くさい真似《まね》、ワシはしないよ」

それだけいって、ワシオさんはパイプ椅子に腰を下ろすと、その体勢のままモゾモゾしはじめた。いったい何をしているのだろうか、と顔を見合わせる鵜飼と朱美。すると二人が見守る目の前で、ワシオさんのぱっくり開いた嘴《くちばし》から、ゆらゆらと白い煙が立ち昇りはじめる。それを見るなり、朱美は驚きと戸惑いの声をあげた。

「ちょ、ちょっと、なにやってんです、ワシオさん！　ゆるキャラのくせに、いきなり嘴から煙を吐くなんて。まるで鷲がエクトプラズムを出しているように見えますよ！」

「そんなに驚かなくてもいいだろ。ワシは普段から、こうして一服しておるよ」

「ははん、なるほど」と鵜飼がワシオさんの着ぐるみを撫で回しながら頷いた。「この鷲の着ぐるみは、身体にぴったりフィットしているわけじゃない。着ぐるみの中は、ある程度、余裕があるわけだ。だから中の人は両手を使って、ポケットの中から煙草とライターを取り出し、着ぐるみの空間の中で一服できるってわけだな」

「でも、それって万が一の場合は、着ぐるみの内側から火事になりかねない危険な行為よ。

下手《へた》すりゃ、鷲の丸焼きのできあがりだわ。大丈夫なの？」

「なーに、平気平気」ワシオさん（の中の人）は嘴の間から煙草を持った右手を突き出し、ポンポンと地面に灰を落としていった。「そんなヘマはしないさ。ワシがこのキャラをいったい何年、やっていると思っておるのかね。もう、すっかり慣れたもんだよ」

「………」これはもはや完全に中の人の発言である。

あまりに時間が経《た》ちすぎて、中の人もワシオさんというキャラを維持していられなくなったらしい。会話の語尾にいちいち「〜だワシ」などと付けて喋ることも、面倒くさくてやってられないようだ。しかも、そんなワシオさんの態度を、他のゆるキャラたちも、いまや黙認する姿勢である。先ほどまでのように、注意や警告を与えようとする様子は、どこにも見られない。それどころかケガニンは少年っぽい声ながら、「僕も煙草、持ってくるんだった……」と喫煙習慣のあることを暴露するし、あのヤマメちゃんまでもが、「あーあ、マジかったるいわ……」と可愛いキャラを自ら崩壊させている。

そんな弛緩《しかん》した雰囲気の中——

「ん!?　ちょっと待つウカイ。着ぐるみの中で煙草が吸えるってことはだウカイ……」

「ど、どうしたヨシ!?　何か思い付いたことでも、ありましたかヨシ……」

もはや他の誰よりもゆるキャラっぽくなってしまった鵜飼と吉田が、顔を寄せ合う。

「うん、ふと思いついたんだウカイ。ひょっとしてこの事件はウカイ……」

「普通に喋りなさいよ！　変なキャラ作ってないで！」

朱美が一喝すると、ようやく鵜飼も憑《つ》き物が落ちたような様子。まともな顔と口調に戻って、ひとつの推理を口にした。

「今回の事件、喫煙テントにいたワシオさんが犯人じゃないと仮定するなら、他の誰もハリー君には近づくことさえできなかったはずだ。にもかかわらず、ハリー君は胸を刺されて死んでいた。これは一種の不可能犯罪、いわば密室殺人みたいなものだ。そこで、敢えてこれを変形の密室であると考えてみよう。その場合、当然、考慮すべき可能性がある。にもかかわらず僕らは、いままでその可能性をまったく検討してこなかったんだがね」

「当然、考慮すべき可能性……なんのことよ？」

「自殺だよ。殺人に見せかけた自殺。密室の解釈としては、もっともありきたりだろ」

「自殺ですって⁉」朱美は素っ頓狂な声を発した。「ハリー君が自分で自分の胸を刺したっていうの⁉　そんなの無理だわ。だってハリー君は手がないキャラなのよ。そのハリー君が、どうやってアイスピックを自分の胸に突き立てられるっていうの⁉」

「違うよ、朱美さん。君は勘違いしている」鵜飼はズバリと指摘した。「着ぐるみの外から刺したんじゃない。ハリー君は着ぐるみの中で自分の胸を刺したんだよ」

「着ぐるみの中で……？」

「そうだ。なにも難しいことじゃないだろ。ワシオさんの着ぐるみの中でさえ、両手を使って煙草を吸うだけの余裕があるんだ。ハリセンボンの丸々とした着ぐるみの中ならば、なおのこと両手は自由に使えたはずだ。ハリー君の中の人は、きっとアイスピックをポケットに忍ばせて、着ぐるみを装着したんだろう。そして喫煙テントに入り、そこで自らの手でアイスピックを握り、自分の左胸を突いたんだ。だから犯人の姿がどこにも見当たらないのは、むしろ当然のことだったわけだ。すべては着ぐるみの中で、ハリー君自身の手によっておこなわれたんだからね」

「でも死体を発見したとき、アイスピックは着ぐるみの外の地面に転がっていたわよ」

「自分の胸を刺したハリー君は、最期《さいご》の力を振り絞って、血の付いたアイスピックを着ぐるみの口の部分から、外の地面へと放り捨てたんだ。あたかも、自分が着ぐるみの外側から刺されたように見せかけるためにね」

「じゃ、じゃあ、ハリー君の着ぐるみの胸の部分に開いていた穴は……」

「もちろん、前もってハリー君自身が開けておいた穴だ。錐で開けたような小さな穴だから、詳しく調べるまで誰も気付きはしなかったけどね」

朱美の疑問を、ことごとく論破していく鵜飼。そして朱美は最大の疑問を口にした。

「目的はなに？　ハリー君はなぜ、そんな奇妙な自殺をする必要があったの？」

「もちろん、それはライバルであり犬猿の仲であるワシオさんに、殺人の罪をなすりつけるためだろうね。ハリー君が自殺を決意した直接の原因は、僕も知らないよ。好きな女の子にフラれて死にたくなったのかもしれないし、多額の借金があったのかもしれない。だが、自ら死を選ぶにしても、ただ死ぬんじゃ嫌だと、ハリー君はそう思ったんだろうな。そこで、こんな奇妙なやり方でもって、憎らしいワシオさんを巻き添えにしようとした。これは、そういう事件だったんだよ」

なるほど、確かに筋は通っている。——朱美もそう認めざるを得なかった。

被害者も容疑者も着ぐるみ姿のゆるキャラであるという今回の特殊な事件。そこに合理的な解釈を与えるとするならば、確かにいま鵜飼が語った推理しかないように思える。ハリー君は自らがゆるキャラであるという特性を最大限に活かして、自らの死を変形の密室殺人に見せかけようとしたのだ。その策略は、ある程度までは成功した。だが最後の最後、スイッチの入った鵜飼の慧眼《けいがん》によって見破られたのだ。

「探偵さんのいうとおりだカメ。ハリー君は自殺だったんだカメ」

「ワシも、そんなことじゃないかと思っていたワシ」

「だったら、『ゆるコン』は開催できるカニ？」

「きっと開催ですマメ～。良かったマメ～」

『ゆるコン』が開催されそうな雰囲気を、いち早く察したのだろう。先ほどまで自らキャラを崩壊させていたゆるキャラたちが、再び全力で自分たちのキャラを演じはじめている。彼らの変わり身の早さに、朱美は舌を巻く思いだった。

だが、この鵜飼の推理を誰よりも喜んだのは、やはり観光課長の吉田だった。いまや盟友とも呼ぶべき鵜飼の両手をしっかと握り締めながら、吉田は歓喜の言葉を口にした。

「良かった。自殺なら犯人はいない。ならば『ゆるコン』で誰が優勝者に選ばれようが、問題はない。これで心置きなくコンテストを開催できるというものだ。死んでしまったハリー君には悪いが、我々にとっては願ってもない結末だ。いや、良かった良かった……」

満面の笑みで喜びを露にする観光課長。だが、そんな彼の浮かれた態度に、大量の冷水を浴びせるかのように、あの白い巨大烏賊の声が響き渡った。

「いいや！　自殺と決め付けるのは、まだ早いのではあるマイカ……」

6

剣崎マイカの意外な発言に誰よりも慌てたのは、やはり観光課長吉田だった。彼はマイカの白い巨体に歩み寄ると、黒縁眼鏡を指で押し上げながら、その真意を質《ただ》した。

「マ、マイカちゃん、いまの発言はどういう意味かな？　わ、わたしには、鵜飼探偵の語った推理は、見事に今回の事件を説明しているように思えるんだがね。は、ははは――」

ぎこちない笑みを浮かべる吉田はマイカの身体に顔を寄せると、一転してドスを利かせた小声で、

「君、これ以上、余計な口出しすると、コンテストへの参加資格は剝奪《はくだつ》だぞ。それでもいいのか」

とマイカに対して本気の脅しをかける。どうやら観光課長のキャラも崩壊しつつあるらしい。あるいは、こっちの腹黒いキャラのほうが、この男の本性なのかもしれない。

だが、そんな吉田の脅しに屈することなく、マイカはひとつの疑問点を口にした。

「仮に探偵さんが推理したように、ハリー君の死が自殺だったとしますぅ。その場合、どうしても腑に落ちない部分があるのですぅ。それは手袋ですぅ」

その単語を耳にした瞬間、鵜飼の口から、「――うッ」という呻き声。どうやら探偵は痛いところを衝《つ》かれたらしい。「うーむ、さすがマイカちゃん。気付いていたか」

「はい。探偵さんの推理によれば、ハリー君は自分の胸を刺した後、最期の力を振り絞って、アイスピックを着ぐるみの口から外へと放り出した、とのこと。ですが、そのために

は手袋の装着が欠かせませぇん。手袋なしでは、アイスピックにハリー君自身の指紋が残ってしまうはず。それでは自殺だということが、簡単にバレてしまうのではあるマイカ」

「確かにマイカちゃんのいうとおり。これが自殺なら、ハリー君は当然、手袋をしただろう。着ぐるみの中の人が軍手ぐらい嵌《は》めていたとしても、べつに違和感は持たれないだろうしね。だが中の人は素手だった。てことは、どうやら僕の推理も、いまひとつ真相に届いていないんだろうね。——うーん、結構いい線、いってたと思ったんだがなあ」

そういう鵜飼は、自分の推理を打ち破られて、どこかサバサバした表情だ。

一方、隣に佇む観光課長は、「えー、いまさらそんなあ」と落胆の声。パイプ椅子にどかと腰を下ろすと、頭を抱えながら、「タイムリミットまで、あと十五分。もう無理だ。この状況では、とても『ゆるコン』は開催できない……」と事実上のギブアップ宣言。

その発言を聞いた途端、ゆるキャラたちもついに緊張の糸が切れたのだろう。彼らはいっせいに投げやりな態度を見せて、深い失望を露にした。

「ちっ、やめだやめだ！　もう、やってられねーぜ、こんな茶番！」

「こんなことなら、『ゆるコン』なんて目指すんじゃなかった」

「警察でもなんでも、勝手に呼べばいいじゃん」

「まったくだ！　人を馬鹿にしやがってよお！」

ついにキャラ完全崩壊。可愛らしい態度と声、特徴的な口調と語尾、それらのすべてを放り投げ、《元ゆるキャラ》に成り下がってしまった、哀しい着ぐるみ怪獣たちの姿がそこにあった。もはや誰がどの台詞を喋っているのか、朱美にも判断できない。

そんな絶望的状況の中、ただ一匹、剣崎マイカだけは、落ち込むでも不貞腐《ふてくさ》れるでもなく、烏賊としてのキャラを守り続けていた。そんなマイカは仲間のもとを離れると、ひとり隣の喫煙テントへと足を踏み入れていく。マイカの様子が気になって、朱美と鵜飼は黙ったままその白い背中に続いた。

喫煙テントには、ハリー君（の中の人）の死体と、彼が生前身に付けていた着ぐるみ一式。パイプ椅子の上には、凶器と目されるアイスピック。そして被害者が死の直前に吸っていたであろう、吸いかけの煙草と、煙草の小箱、使い古した傷だらけのジッポーのライターが並べて置いてあった。

それらの物を微動だにせず、眺める白い怪物、またの名を《ゆるキャラ探偵》剣崎マイカ。その鬼気迫るような意気込みは、着ぐるみ越しにもビンビンと伝わってくる。

「どうしたんだい、マイカちゃん？　なにか気になることでもあるのかい？」

そんな鵜飼の問い掛けに、興奮気味のマイカは「うーん、なんだか判りそうな気がするんですけどぉ……」と呟きながら、テントの中をウロウロ。その様子をハラハラしながら見詰める朱美と鵜飼。すると案の定というべきか、巨体を持て余し気味のマイカは、何もない地面でバランスを崩して前のめりに転倒。あーあ、と呆れた声を発する朱美と鵜飼。だが次の瞬間、転倒したマイカは両足をジタバタさせながら、確信を持った口調で叫んだ。

「わ、判りましたぁ！　この事件、こういうことではあるマイカ！」

7

再び控え室テントに戻った剣崎マイカは、一同を前にして事件の真相を語った。

「ハリー君を刺したのは、小柄な女性だったのではあるマイカ……」

その言葉を聞いた瞬間、一同の視線は一匹のゆるキャラへと集中した。マイカ自身を除くとするなら、この場にいるゆるキャラの中で女性キャラは、ひとりしかいない。

「ヤマメちゃん!?　え、彼女がハリー君を刺したってか。マジかよ!?」

「可愛いフリして、やることは凄《すげ》えんだな！」

「動機は痴情の縺《もつ》れってやつかい？」

亀吉君、ケガニン、そしてワシオさん。二匹と一羽の男性キャラたちがいっせいに下卑《げび》た笑い声をたてる。彼らは、かつて自分たちがゆるキャラと呼ばれる人気者だったことを、完全に忘れ去ったかのようだ。深い溜め息を吐《つ》きつつ、朱美はヤマメちゃんに尋ねた。

「ねえ、本当に、あなたがハリー君を刺したの？」

「はあ⁉　ふざけんじゃないよ、アンタ。こんな烏賊のバケモンのいうこと、真に受けてどーすんのさあ。どうせ、コイツはアタシのことを陥《おとし》いれようとしているんだよ。きっとアタシのほうが可愛いんで嫉妬してんだね！」

「………………」うわあ、ヤマメちゃんって、根っこの部分はやさぐれたヤンキーキャラだったのね。なんだか騙《だま》されたような気分を抱きながら、朱美はすがるような視線をマイカへと向けた。「ねえ、本当にヤマメちゃんが犯人なの？」

「わたしはヤマメちゃんが犯人だなんて、ひと言もいってないですぅ」

「だって、犯人は小柄な女性だって……まさか、マイカちゃん、吉岡沙耶香ちゃんが犯人だ、なんて言い出すつもりじゃないわよねえ」

「吉岡沙耶香って誰ですかぁ。わたしはそんな娘、知りませんからぁ」と精一杯とぼけた剣崎マイカ（の中の少女）は、再び真剣な口調に戻って続けた。「いいですかぁ。よく思い出してください。わたしたちは、ここにくる直前、お祭り本部の手前で、転倒しているハリー君を助けてあげましたよね。あのとき、ハリー君はこういっていたはずですぅ。『女の子に突き飛ばされた』――と」

「ええ、確かに、そんなことをいっていたわね。——え⁉　まさか、マイカちゃん、ハリー君を突き飛ばした、その女の子が犯人だと？」

「はい、そのとおりですぅ」マイカは頷くように身体を縦に揺らした。「ただし、ハリー君が『女の子』と呼んだのは、あくまでも彼の一瞬の印象に過ぎません。実際には、それは子供だったわけではなく、子供のように小柄な大人の女性だったのではあるマイカと、わたしはそう思いますぅ。さすがに、いたいけな子供がハリー君をアイスピックで刺したなんて話は、信じたくもありませんからぁ」

「え、ちょっと待って」朱美は激しく混乱して聞き返した。「いったい、どういうこと⁉　子供か大人かはともかくとして、その小柄な女性はハリー君を単に突き飛ばしただけなんでしょ⁉」

「いいえ、違いますぅ。突き飛ばしたのではなく、突き刺したのですぅ。凶器のアイスピックでもって、ハリー君の胸を思いっきりブスリと……」

「ええッ⁉　だけど、そんなことしたら、ハリー君はあの路上で死んでいたはずじゃないの⁉」

「はい。実際その可能性も充分にありました。しかしハリー君は命拾いをしたのですぅ」

「ああ、なるほど、判ったぞ」

と横から鵜飼が口を挟んだ。「ポイントはライターだな。ハリー君の中の人はポロシャツの胸ポケットに煙草とライターを入れていたはず。しかも、そのライターはジッポーのオイルライターだ。それが偶然にも、彼の胸を守る小さな盾の役割を果たしたんだな」

「そのとおりですぅ。女性がハリー君の胸に突き立てたアイスピックの先端は、傷だらけのジッポーの表面に新たな傷を付けただけで、中の人の身体に届くことはありませんでしたぁ。――ただし！」

ここが重要なポイントとばかりに、マイカは声の音量を上げた。「このとき、ハリー君の胸に突き立てられたアイスピックは、犯人である女性の手を離れ、ハリー君の着ぐるみに深々と突き刺さったままになっていたのではあるマイカ。そして、その事実にわたしたちはもちろん、ハリー君自身でさえ、まったく気が付いていなかったのではあるマイカ」

「ハリー君の胸にアイスピックが刺さったままになっていたっていうの⁉　まさか、そんな……」

あり得ない、と呟く朱美の隣で、鵜飼が残念そうに首を横に振る。

「いや、あり得ることだ。要するに、アイスピックは着ぐるみの表面は貫いているけれど、中の人の肉体には到達していない状態だったわけだ。ほら、着ぐるみの中には、両手を使って煙草が吸えるほどの余裕のある空間が広がっているだろ。アイスピックは柄の部分まで深く着ぐるみに刺さっていたけれど、その先端は何もない空間で、宙ぶらりんな状態にあったってわけだ」

「じゃあ、あたしたちがハリー君を助け起こしたとき、その胸にはすでにアイスピックの柄が覗いていたってこと？」

「まさしく、そういうことだ。だが、ハリー君のモチーフはハリセンボンだろ。もともと身体中が突起物で覆われているから、アイスピックの柄が胸のあたりから飛び出していても、僕らの目には留まらなかったんだよ。突起物のひとつと認識されてしまったんだな。それにアイスピックの柄の色は茶色だったから、ハリー君の体色と同化して見えづらかったんだと思う。――そうだろ、マイカちゃん？」

「そういうことですぅ」再びマイカが身体を揺する。身体を揺する以外に、これといったアクションのできない身体なのだ。「ここまでくれば、もう事件の真相はお判りですね。ハリー君は着ぐるみの胸にアイスピックが刺さったままの状態で、控え室のテントに入り、そのまますぐに喫煙テントへ。そこでハリー君の中の人は、ポロシャツの胸ポケットから煙草とライターを取り出し、煙草に火を付けます。ハリー君はあの体形ですから、パイプ椅子には座らず、立ったままで一服しようとしたのでしょう。しかし、煙草に火を付けた直後、うっかりバランスを崩したハリー君は……ハ、ハリー君は……」

これ以上は口にすることさえ辛《つら》い、とばかりに黙り込むマイカ。そんな《ゆるキャラ探偵》剣崎マイカに成り代わって、《人類としては、もっともゆるキャラに近い私立探偵》鵜飼杜夫がついに事件の真相を口にした。

「判ったよ、マイカちゃん。バランスを崩したハリー君は、前のめりに転倒したんだな。そして、その瞬間、宙ぶらりんな状態にあったアイスピックの先端が、ハリー君の胸に突き刺さった。このとき彼は喫煙中だったため、盾になるはずのジッポーは、彼の手の中にあった。胸ポケットにはなかったんだ。アイスピックの先端は、今度こそハリー君の胸に直接刺さり、その心臓を突き破り、中の人を死に至らしめたというわけだ」

ついに白日のもとに晒《さら》された真実。そのあまりの意外さに、観光課長も仲間のゆるキャラたちも、まったく言葉が出ない様子だった。そんな中、事件の謎を解き明かした剣崎マイカは得意げな表情を浮かべるかと思いきや、そうではなく、むしろ悔恨に満ちた表情を浮かべたかったのだろうが、ゆるキャラなのでそれも叶わず、結果、その声だけで強い後悔の念を吐露《とろ》した。

「今回の事件は、前のめりに転倒しやすい我々ゆるキャラならではの事件でした。しかし、わたしにもう少しの注意力があったなら、この事件は防ぐことができたのではあるマイカ、ハリー君は死なずに済んだのではあるマイカ——そう思うと、残念でなりません」

そんなに自分を責めることないわ、といって朱美はマイカの有るはずのない肩を抱こうとして、結果、その白い胴体を抱きしめた。

そんな朱美に成り代わって、観光課長がひとつの大きな疑問を口にした。

「しかしですよ、探偵さん、凶器のアイスピックは、地面の上に転がった状態で発見されたんですよね。いったい、誰が凶器を中の人の胸から引き抜いたんですか」

「それは誰でもありません。敢えていうなら、ハリー君自身ですね」

「はあ⁉　ハリー君が胸に刺さったアイスピックを自分の力で引き抜いた、ということですか」

「いや、それはたぶん無理でしょう。そうではなくて、アイスピックを引き抜いたのは、ハリー君の着ぐるみそのものだったんですよ」

「着ぐるみが⁉」

「ええ。着ぐるみといってもハリセンボンのハリー君の場合、それはいわば弾力性のあるボールみたいなもの。彼が前に倒れれば、その部分は一時的に凹《へこ》みますが、身体を起こせば、またもとの状態に戻る。つまり弾力性と復元力があるんです。着ぐるみの胸に刺さっていたアイスピックは、ハリー君が地面に転倒した際に、ハリー君の胸に深く刺さった。しかし僕らが彼の身体を抱え上げた途端に、着ぐるみの復元力によって彼の胸から引き抜かれたんですよ。アイスピックは再び宙ぶらりんな状態に戻る。そして、それはあの事件発生のドサクサの中で、柄の部分の重みによって、自然と着ぐるみの胸から地面にポトリと落下した。おそらくは、そういうことだったんでしょうね」

こうして最後の疑問に答えた鵜飼は、あらためて観光課長の吉田にいった。

「今度こそ、間違いありません。真犯人はテントの外でハリー君を突き飛ばして逃げた小柄な女性です。それが、どういった素性の女なのかは判りません。したがって動機も不明です。その女性とハリー君の中の人との間に、それこそ痴情の縺《もつ》れなどがあったのかもしれませんが……。まあ、それはともかくとして、少なくとも、ここにいるゆるキャラたちがハリー君を刺した犯人じゃないことは、充分明らかになったといえるでしょう。これで、あなたも心置きなく『ゆるコン』を開催できるんじゃありませんか」

「おっしゃるとおりです。おかげで助かりました、探偵さん」

感激の面持ちで観光課長は鵜飼の手を握る。だが鵜飼はゆっくりと首を振りながら、

「僕は何もしていません。すべては《ゆるキャラ探偵》剣崎マイカちゃんのお手柄です」

その言葉に導かれるように、ゆるキャラ仲間たちがマイカの周りを取り囲む。彼らは口々にマイカの名推理に対する賛辞を贈り、コンテストの開催決定を心から喜ぶのだった。

「マイカちゃん、凄いカメ！　まさしく名探偵だカメ！」

「これで『ゆるコン』が開催できるマメ～。マイカちゃんの名推理のおかげマメ～」

「でも、コンテストになれば、みんなライバル同士カニ？」

「うむ、ワシも全力で一位を狙うワシ！」

――あんたたち、さっきまでキャラ捨ててたくせに！

朱美はゆるキャラたちの図々しいばかりの生命力に、呆れるよりほかなかった。

8

『烏賊川市ゆるキャラコンテスト』、通称『ゆるコン』はリバーサイドパークのメインステージを舞台として、予定通り華々しく開催された。コンテストには、剣崎マイカを含めた五体のゆるキャラたちが登場。得意のゆるいアクションと喋りで、観衆のゆるい笑いを誘ったキャラたちは、最後には全員で烏賊川市に対するゆるい郷土愛を語り、それぞれのパフォーマンスを終えた。

そんな熾烈《しれつ》な争いの末、『ゆるコン』優勝の栄冠に輝いたのは、毛蟹をモチーフにしたゆるキャラ、ケガニンだった。ケガニンには賞状と豪華なトロフィー、そして副賞としてスルメ一年分の目録が贈られた。マイカが優勝していたなら、さぞや気まずい場面になっていたことだろう。優勝を逃したのは、正解だったのかもしれない。

「ケガニンの優勝の決め手はなんだったんでしょうねえ、近江《おうみ》先生？」

司会者から尋ねられた審査委員長は、まさかそんな質問を受けるとは思いもしなかったとばかり、戸惑いの色を浮かべながら、「えと、名前が愉快だったから……」と曖昧《あいまい》な答えっぷり。たちまち客席からは「キャラもゆるいが、選考理由もゆるいなー」と鋭いツッコミの声があがる。舞台と客席は和《なご》やかなムードに包まれていた。

とにもかくにも『ゆるコン』は無事に（？）開催され、三日間にわたる『烏賊フェス』は盛況のまま幕を閉じたのだった。

やがて夕闇迫るお祭り会場から、続々と引き上げていく烏賊川市民たち。遠くで鳴り出したサイレンの音を聞きながら、朱美と鵜飼も帰宅の途につく。

「ようやく観光課長さんが警察に通報したみたいね。だけど通報が遅れたことについて、責任問題にならないのかしら。課長さんの首が飛んだりしない？」

「さあね。たぶん観光課と警察との間で、うまい具合に話が付くんだろ。『まあまあ、ここはひとつ穏便に……市民のためを思ってやったことですから……』『仕方ありませんな……今回だけですよ……』てな具合にさ」

「なにそれ!?　ホント何もかも、ゆるい街ねー。そんなんで、犯人捕まるのかしら」

「実際、ハリー君を刺して逃げた小柄な女性を捜し出すのは、もはや至難の業かもな」

そんな会話を交わしながら、二人は閑散としはじめた正面ゲートをくぐる。

そのとき、二人の横を通り過ぎていこうとする赤いママチャリの姿。サドルに跨《また》がるのは見知らぬパーマヘアの中年女性だ。その女性は二人を追い越す間際に、朱美たちに向かって笑顔で片手を振りながら、「じゃあね、鵜飼さん、朱美さん。楽しかったマメよ～」と陽気な感じで別れの挨拶。その聞き覚えのある声に、朱美と鵜飼は唖然となった。

「え、あれがヤマメちゃんの中の人かい⁉ 普通のおばさんじゃないか」

「なんか、イメージと違ったわね。もっと、若い娘かと思ったけど……」

だが考えてみれば、着ぐるみの中の人が、ゆるキャラと別人格であることは当然のことだ。そう納得する朱美の真横に、今度は一台の軽トラックがゆっくりと接近してくる。

「よう、また会おうぜ、お二人さん！」

運転席から声を掛けてきたのは、ガタイの良い労働者風の男性だ。助手席には初老の男性の姿も見える。初老の男性は手にした煙草を朱美たちに向かって軽く振って見せた。男二人を乗せた軽トラックは、そのまま朱美たちの横を通り過ぎていく。その荷台には、見覚えのある緑色の重たそうな甲羅。それを見た瞬間、朱美は思わず「あッ」と声をあげた。

「あの運転手、亀吉君だわ」

「じゃあ、助手席で煙草をふかしていたじいさんは、きっとワシオさんだな」

甲羅を積んだ軽トラックは、驚く二人を置き去りにするかのように走り去っていった。

続いて二人のもとに現れたのは、軽のワゴン車だ。車体の横に『吉岡酒店』のロゴが入っているから、これは吉岡沙耶香が乗っている車だとひと目で判る。ワゴン車は朱美たちの真横に並ぶと、そのまま歩くような速度で徐行運転。助手席の窓を開けて、二つ結びの少女が手を振りながら顔を覗かせる。「探偵さぁ～ん！　朱美さぁ～ん！」

「やあ、マイカちゃん。『ゆるコン』、優勝できなくて残念だったねえ」

「あたしたちも、客席から応援してたのよ」

「いいえ、いいんです。お二人のおかげで記憶に残るコンテストに……」と途中までいいかけたところで、少女は突然ハッとした表情。そして、いきなりブンと首を左右に振ると、

「な、なんのことですか、『ゆるコン』って!?　マイカちゃんって誰ですぅ!?　沙耶香、なんのことだか全然判りませぇん」と、いまさら手遅れな小芝居。

少女の慌てふためく様子を、ニヤニヤとした笑みを浮かべて眺める朱美と鵜飼。

沙耶香はそんな二人に向かって大きく手を振ると、

「それじゃあ、また、どこかでお会いしましょうねぇー」

再会を約束する言葉を残しながら、少女を乗せたワゴン車は見る間に遠ざかっていった。

するると、そのワゴン車の後を追いかけるように走ってきたのは、一台の小型バイクだ。

サドルに跨《また》がるのはまるで中学生か、下手すれば小学生ではないかと見紛《みまが》うばかりの非常に小柄な女性。その女性は、朱美たちの横を通り過ぎる際に、わざとバイクの速度を落として、後ろの荷台を指で示した。そこにロープで括《くく》り付けてあるのは、見覚えのある優勝トロフィーだ。

「――ん!?」と思わず顔を見合わせる朱美と鵜飼。

その様子を横目で見ながら、小柄な女性ライダーは、どこか聞き覚えのある少年っぽい声で、二人に向かって別れの挨拶を告げた。

「それじゃあ、お二人さん、さよならカニ〜ッ！」

博士とロボットの不在証明《アリバイ》

1．殺意

それは十二月半ばの、とある嵐の夜のこと。地を揺るがす雷鳴と闇を切り裂く稲妻。その閃光《せんこう》に一瞬明るく照らし出されるのは、倒壊寸前の廃墟かと見紛《みまが》うばかりの古い西洋屋敷。だが単なる民家ではない。崩れかけた門柱には『秋葉原《あきはばら》研究所』の看板。大書された文字は激しい雨に洗われて、いまにも流れ落ちてしまいそうな気配である。

もちろん、このような古色蒼然《こしょくそうぜん》とした怪しい研究施設が、ナウなヤングたちの闊歩《かっぽ》する東京都秋葉原に存在するわけがない。ここは《花の都・東京》から遠く離れた《烏賊《いか》の都・烏賊川《いかがわ》市》。関東随一の犯罪都市と噂される街である。したがって、どれほど奇怪な施設で、どんないかがわしい研究がなされようとも、なんら不思議に思う必要はないのだった。

そんな『秋葉原研究所』の奥まった場所にある研究室。そこは大型コンピューターや液晶パネル、様々な計器類、実験器具、健康器具、あるいはゲーム機、アニメＤＶＤ、カップ麺の空きガラ、漫画や雑誌や本格ミステリなどがゴチャゴチャと並ぶ居心地満点の快適空間だ。その中央には所長である秋葉原博士が、感無量の面持《おもも》ちで立ち尽くしていた。

興奮を抑えるようにぐっと握った拳。白衣の背中は感激のあまりか小刻みに震えている。やがて、その無精髭《ぶしょうひげ》に覆われた口許《くちもと》を衝《つ》いて、堪《こら》えきれない歓喜の言葉が溢れ出した。

「やった、やったぞ！　ついに完成だ。亡き父がその生涯を懸け、そして息子のわたしが引き継ぎ、心血を注いで研究を進めてきた人間型二足歩行ロボット。それが、いまここに完成のときを迎えたのだ！」

二十一世紀もすでに十五年以上が経過。二足歩行ロボットも簡単なものなら雑誌の付録として書店で売られている時代である。そんな中、秋葉原親子が開発した新型ロボットに、どれほどの学術的あるいは商業的価値があるのか、それは正直なところ定かではない。だが少なくとも博士は、博士だけは、そのロボットの優れた革新性と高い完成度について、いっさい、まったく、なんにも、疑っていないのだった。

「ふッふッふッ、なにしろ二足歩行を実現しただけではない。最新の人工知能と音声認識システムを搭載したこのロボットは、相手の言葉を的確に理解して、なおかつ人工音声を用いて返事をすることさえできるという画期的なもの。すなわち、このロボットは人間との間で会話が可能なのだ。ふははは！」

いまどきのロボットとしては、まあまあ当たり前の機能について、得意げに語る秋葉原博士。そんな彼は研究所の所長であると同時に、唯一の研究者でもある。なので研究室には彼の才能を褒め称《たた》える部下も、成果を分かち合う仲間も、誰ひとり存在しないのだった。「…………」若干の虚《むな》しさを覚えた博士は一瞬黙り込み、そしてふと顔を上げた。「そうだ。わたしにはロボットがあるじゃないか。こいつに話し相手になってもらうとしよう」

誰にともなく呟《つぶや》き、コントローラーを手にする博士。黒い筐《きょう》体《たい》の真ん中にある赤いボタンが起動スイッチだ。本当は流行《はや》りのタッチパネル方式にしたかったのだが、予算不足のために、結局ラジコンのコントローラーみたいな不恰好なものになってしまった。だが、まあいい。これはこれでクラシックな味があるというものだ。

「なんだか『鉄人28号』みたいだな。いや、わたしの場合『独身42号』か……」

自嘲気味に呟きながら、博士は赤いボタンを親指で押した。「――えい！」

すると、だらしなく猫背の体勢を取っていた人型ロボットに、たちまち目覚《めざ》ましい反応があった。

背骨に突然力が入ったように、直立不動の体勢を取る。顔の部分は、意思を持つ人間のごとく、ぐっと顎《あご》を引くような仕草。その中央付近で丸いカメラレンズが二つ飛び出すと、それがロボットの目となった。口許に備わったスピーカーからは、いかにも人工音声らしいカクカクした声が響き、目の前の博士に始動の挨拶《あいさつ》をおこなった。

「ヤア、秋葉原博士。御機嫌、イカガデスカ？」

「………」瞬間、感極まった博士の両目からは、滂沱《ぼうだ》として歓喜の涙が流れ落ちた。

どうだ、聞いたか、いまの人間さながらの挨拶を！　かつて懐かしのロボットたちは「ピポンパポン」だの「パピプペポパポ」だのといった、アホ丸出しの電子音で挨拶したものだ。その無機質であるがゆえのユーモラスな魅力を否定するものではないが、しかし時代は確かに変わったのだ。

博士は白衣の袖で涙を拭《ぬぐ》うと、目の前のロボットに答えていった。

「がああ、ありがどう。わだじはげんぎだよ、ウッウッ……」

「認識デキマセン。認識デキマセン」

「ああ、すまない」博士は鼻を啜《すす》ると、明瞭な発音で言い直した。「『ありがとう。わたしは元気だよ』といったんだ。君も元気そうだな、ええっと……なんと呼べばいいんだ？あれ、そういえば君にはまだ名前がなかったたな」

「ハイ、ワタシニハ、マダ名前ガアリマセン。名前ヲ付ケテクダサイ、博士」

「そうだな」一瞬考え込んだ博士はポンと手を打ち、「ではロボットの概念を世に知らしめた偉大なSF作家アイザック・アシモフにちなんで『アシモ』というのは、どうだ？」

「正気デスカ、博士？　世界ノほんだガ黙ッテイマセンヨ」

「駄目か。じゃあ、わたしの頼れる相棒という意味を込めて『アイボ』というのは？」

「ソレモ、そにーヲ敵ニ回スヨウナ気ガ……」

「そうか。じゃあ、何がいいかな」博士は顎に手を当て考え込んだ。

日本では手塚治虫《てづかおさむ》の『アトム』以降、ロボットの名前は三文字が人気のようだ。ソニーの『アイボ』にホンダの『アシモ』、それから他にもあった気がするが……いや、まあい い。顔を上げた博士は、目の前のロボットに提案した。「こうして話してみた感じでは、どうやら君は男の子らしいな。だったら『ロボ太』でどうだ。『ロボ太』の『太』の字は『太郎』の『太』だ。なかなか人間的な名前だろ」

実際は人間的どころではない。「ロボタ」とはロボットの語源となったチェコ語であり、その意味は「強制労働」である。だがまあ、問題ないさ、と博士は判断した。もともとロボットの人工知能には、ロボットに纏《まつ》わるネガティブな情報は入力されていない。このロボットが名前本来の意味に気付くことはないわけだ。

「よし、今日から君はロボ太だ」

「ロボ太、イイデスネ、博士」ロボットはその名を自らの人工知能に刻み込み、「ワタシハ、ロボ太。ろぼっとノ、ロボ太」と復唱した。こうしてロボ太はこの世に生まれた。

だがロボ太誕生の祝賀気分は、そのとき掛かってきた一本の電話によって、たちまち破られた。

白衣のポケットから取り出した旧型携帯を、顔に押し当てる博士。次の瞬間、耳に飛び込んできたのは、底意地の悪そうな男の声。深沢新吉《ふかざわしんきち》である。深沢は博士が世話になっている初老の男性だ。「どうも」と挨拶する博士に対して、深沢の低い声がいった。

『やあ博士。調子はどうだね。ところでさっそく用件だが、ロボットの研究開発費として貸した金、そろそろ払ってくれたまえ。もっとも、返せないというのであれば、抵当の物をいただくだけだがね。悪く思わないでくれよ。もともとそういう約束なのだから』

「え、いや、だけど、あの深沢さん、えっと……」

携帯を手にしながら、うろたえる博士。しかし深沢は容赦のない口調で、『わたしも趣味で金を貸してるんじゃないからね。それじゃあ、今年の大晦日《おおみそか》までに、よろしく』

一方的に用件だけを告げて、電話は切れた。新型ロボット完成の喜びは吹っ飛び、目の前には過酷な現実だけがあった。そんな彼の様子を見て、ロボ太が心配そうに聞いてきた。

「ドウシマシタ、博士？　顔色ガ悪イデスヨ。――アッ、サテハ、イマノ電話、借金取リカラノ催促ノ電話トカ？」

どうやら自分は優秀すぎる人工知能を彼に与えてしまったらしい。ロボ太の洞察力に舌を巻きつつ博士は頷《うなず》いた。「そのとおりだ、ロボ太。深沢新吉という強欲な金持ちさ」

「イッタイ、幾ラ借リタノデスカ？」

「総額五千万円だ。すべてロボットの研究開発費用としてね」

「エエッ、五千万円！　クダラナイろぼっと開発ノタメニ、五千万円モ借リルナンテ！」

「おい、くだらないって……」思わず目を吊り上げる博士。しかしまあ、ロボ太が自分で自分をくだらないロボットと見なすのなら、それはそれで仕方がないか。そう諦《あきら》めて、彼はゆるゆると首を左右に振った。「どうしようもなかったんだよ。あれは必要な金だったんだ。心血注いだ研究を途中で投げ出すことは、わたしにはできなかった」

「チナミニ、返済ノ見込ミハ、アルノデスカ？　ナイデスヨネ？」

「…………」なぜ勝手にないと決め付ける？　博士はロボ太を睨《にら》みながら、「まあ、実際ないけど」

「駄目デスネ、博士。借リタ金ヲ返サナイノハ、人間ノ屑《くず》ノスルコトデスヨ」

「屑とはなんだ、屑とは！」ロボットらしからぬ辛辣《しんらつ》な物言いに、博士は目を剝《む》いた。「借りた金は返すさ。だが、いますぐは無理だ。まあ、研究所の土地と建物、それに試作中のロボットを担保に借りた金だから、それを渡せば借金はチャラになるわけだが……」

「ン、待ッテクダサイ、博士。試作中ノろぼっとトハ、ワタシノコトデスカ？」

博士が「そうだよ」と頷くと、ロボ太はたちまち顔色を変えた。いや、実際にはロボットの顔色は変わらないが、その動作と音声に変化があった。「ド、ドウスルツモリデスカ、博士。ワ、ワタシヲ借金取リニ渡スツモリデスカ？」

「まさか。それでは相手の思う壺だ。ロボ太は絶対に渡さない。この研究所もな。だが、それでは問題は何も解決しない。ああ、わたしはいったいどうすればいいんだ！」

「ナゼ、ソンナ酷《ひど》イ男カラ、金ヲ借リタノデスカ。友達トカ誰モイナイノデスカ？」

「うん、まあ友達も確かにいないんだが……」って何をいわせるんだ、こいつ！　博士はロボ太を横目で睨みながら、「実は深沢新吉の奥さんは、わたしの遠い親戚なんだ。その奥さんは優しい人で、わたしのことを実の息子のように可愛がってくれた。夫婦には子供がなかったからね。そういった縁もあって、つい深沢から金を借りたってわけさ」

「ダッタラ、ソノ奥サンニ頼ンデ、借金返済ヲ待ッテモラエバ良イノデハ？」

「無理だよ。彼女もとっくに深沢に愛想を尽かして、いまは別居中だ。まあ、熟年離婚には至っていないけど、彼女の言葉に深沢が耳を貸すわけがない。――はあ」

途方に暮れて、溜め息をつく博士。その姿をロボ太は左右のカメラ・アイで見詰める。やがて彼の人工知能は、ひとつの結論に至ったらしい。ロボ太は深刻な口調でいった。

「ダッタラ、解決方法ハ歴然トシテイマス。ヤルシカアリマセンネ」

「やる⁉　やるって、何をだ」

「殺《や》ルンデスヨ。深沢ヲ殺スンデス。ソウスレバ、借金ノ債権ハ奥サンニ移リマス。ソウナレバ、後ハ彼女トノ話シ合イデ、ナントカナルハズ。ソウジャアリマセンカ？」

ロボ太の意外すぎる提案に、博士は強い衝撃を受けた。ロボ太は深沢を抹殺せよといっているのだ。しかも『借りた金を返さないのは人間の屑』といったその舌の根も乾かぬうちにだ（もっともロボットに舌なんてないのだが）。ひょっとすると、こいつこそロボットの屑じゃないのか？

そんな疑惑を抱きつつ、博士は断固とした態度で首を振った。

「駄目駄目！　そんなの無理だ。仮に殺したとしても、すぐ警察に捕まるにきまってる」

「ソレナラ、現場不在証明ヲ用意シテオケバ良イデス。判リマスカ、現場不在証明？」

「馬鹿にしないでくれ。アリバイのことだろ。建物中の時計の針を全部一時間ずつ進めて、それで時間を誤魔化して、どうにかこうにか容疑を免《まぬが》れるみたいな面倒くさいやつ……」

「ウーン、間違ッテハイマセンガ、博士ノ認識ハ偏《かたよ》ッテイマスネ。ソンナ複雑ナとりっくヲ用イナクテモ、イマノ博士ナラ簡単ニ現場不在証明ガ作レルデハアリマセンカ」

「いまのわたしなら⁉　いや、しかし、いまのわたしに何が……ハッ！」

瞬間、博士の眸《ひとみ》に映ったのは、目の前に立つ二足歩行ロボット。と同時に、彼の脳裏に閃《ひらめ》くものがあった。そうだ。確かにいまの自分にならできる。なぜなら――「いまのわたしにはロボ太がいる。君が協力してくれるのなら、贋《にせ》のアリバイも思いのままだ！」

「ソウソウ。ヤット気付イタノカヨ、ハカセー」

「ん、いまなんていった、ロボ太⁉」

「アレ、言語変換回路ノ不具合デスカネ？　些細《ささい》ナコトデス。忘レテ、忘レテ」

忘れるわけにはいかないが、確かに些細なことだ。それよりも、博士は自分の手に最強のカードがあるという現実に酔いしれた。

ロボ太を上手《うま》く使えば、警察の目を欺《あざむ》くことも、そう難しいことではない。借金返済の不安から解放された自分は、さらなる研究に邁進《まいしん》することができるだろう。素晴らしい未来が確実に開けるのだ。博士はもう迷わなかった。

「よし、決めたぞ。わたしは完璧なアリバイを作りながら、深沢新吉をこの手で殺す。目指すは完全犯罪だ。――ははは、ふははは、わはははは、うわッはははははッ！」

こみ上げる感情を抑えきれず、秋葉原博士は研究室の天井に向かって高らかな哄笑《こうしょう》を響かせた。その声に重なるように巨大な雷鳴が建物を揺るがす。窓から差し込む稲光は、白衣姿の博士を怪しく照らす。その狂気を孕《はら》んだ横顔を見詰めながら、ロボ太が呟いた。

「ハカセー、ナンダカ世界征服ヲ企ム、イカレタ科学者ミタイッスネー」

その人工的な響きを掻《か》き消すように、再び烏賊川市に大きな雷鳴が轟《とどろ》いた──

2．トリック

崩壊寸前の『秋葉原研究所』には、まったく似つかわしくないけれど、博士は一軒の別荘を所有している。烏賊川市の中心部から遠く離れた盆蔵山《ぼんくらやま》。その中腹にある別荘地に建つログハウスだ。バブル景気華やかなりしころ、開発費用に困った父親が「資産倍増計画」と称して、転売目的で購入した物件である。

だが御多分に漏れず、購入直後にバブルは崩壊。失意のまま父親は頓死《とんし》した。資産倍増どころか価値が半分になった別荘は、売るに売れないまま現在に至っている。博士はその別荘を『秋葉原研究所・別館』と称して、もうひとつの研究施設として利用してきた。

今回はそれを犯罪拠点として利用する考えである。

「もともと、この別荘地自体、深沢の会社が開発したものでね。その物件のひとつを父がウッカリ買わされたってわけだ」

「ナルホド。ソレデ博士ノ別荘ノスグ傍《そば》ニ、深沢ノ別荘ガアルノデスネ」

そうだ、と頷く博士。普段は白衣しか着ない彼だが、いまは黒いセーターとこげ茶色のズボンである。窓の外に視線をやれば、そこにはすでに夜の闇が広がっている。

そんな中、白い雪に覆われた二階建てが見える。この別荘地でもっとも見栄えのする建物だ。一階の窓には煌々《こうこう》と明かりが灯《とも》っていた。

「あれが深沢の別荘。というより、実質セカンドハウスだな。彼は一年の半分近くを、あの別荘で暮らしている。特にクリスマスを間近に控えたこの時期、深沢は毎年あの別荘で長めの休暇を過ごす。イブの夜には街から仲間を呼んで、派手な乱痴《らんち》気騒ぎで盛り上がるんだ。ふん、もっとも今年に限っては、彼の別荘でイブのパーティが開かれることはない。なぜなら今日のこの日が、深沢の命日になるのだからな。――ふふふ、わははは、わぁーっははははは！」

窓辺で哄笑を漏らす博士。暗い雪空にドカンと轟く雷鳴。稲妻の閃光が彼の横顔をピカリと照らす。もちろん博士は狂気を孕んだキメ顔だ。御馴染《おなじ》みの光景にウンザリしたようにロボ太がいった。

「ハカセー、ソノぱたーん、気ニ入ッチャイマシタ？」

「べ、べつに、気に入ってなんかいない。偶然だ、偶然！」

恥ずかしそうにうつむく博士。その隣でロボ太は天候不順な空を不安そうに見上げた。

「ソレニシテモ、ヨク降ル雪デスネ。大丈夫デスカ、博士」

ロボ太の心配はもっともだ。二人（あるいは一人と一体？）が研究所のワゴン車で到着したのは、昨晩のこと。そのころにはチラつく程度だった雪が、丸一日経《た》った今夜は、もう積雪三十センチ程度に及んでいる。しかも降り続く雪はまるで止《や》む気配がない。

「往々ニシテ雪トイウモノハ犯罪者ノ足ヲ引ッ張ルモノデスヨ」

「確かに、そういう傾向はあるな」だけど、こいつなぜそんなこと知ってるんだ？　どうも人工知能に入力された基本情報に偏りがあるようだな。——首を傾《かし》げる博士だったが、誰にも文句はいえない。なにせロボ太は博士自身が組み立てたのだ。「まあ、いいさ。この季節だから雪ぐらいは降って当たり前だ。計画は予定どおり決行しよう」

博士は濃いグレーのジャケットを羽織ると、重要アイテムの入った黒い鞄を肩に担いだ。

「現在午後六時だ。午後七時には高橋《たかはし》夫妻の別荘を訪問して、夕食をご馳走になる約束になっている。それまでの一時間でケリをつけるぞ。いいな、ロボ太」

「ＯＫデス」勢い良く頷くロボ太。「ソレデハ博士、操縦ヲ、オ願イシマス」

言葉の勢いは良くても、所詮はロボット。博士の命令なしでは、ロボ太は一歩も動くことができないのだ。博士はコントローラーを手にして、ロボ太の操縦を開始した。

数分後、博士とロボ太は深い雪に足を取られながらも、なんとか深沢の別荘に到着。暗い玄関先で息を整えると、博士は隣のロボ太に命じた。「まずは、わたしの活躍する番だ。君はしばらくの間、そこの植え込みの陰にでも隠れていろ」

「エー、コノ雪ノ中デスカー。潤滑おいるガ凍結シテシマイマスー」

「うるさい。ツベコベいうな」問答無用とばかりに博士はコントローラーを操り、ロボ太を植え込みの陰に無理やりしゃがませた。「いいな、勝手にペラペラ喋《しゃべ》ったりするなよ」

念を押した博士は、コントローラーを鞄に仕舞い込み、あらためて玄関扉を向いた。手袋を嵌《は》めた手で、おもむろに呼び鈴を鳴らす。やがて扉が開くと、現れたのは茶色いスウエットの上下を着た初老の男性。深沢新吉だ。彼は博士の姿を認めると、深い皺《しわ》を刻んだ顔に意外そうな表情を浮かべた。

「やあ、これはこれは、秋葉原博士。まさか、こんな夜にお目にかかるとは！」

「ええ、実はわたしも休暇中なんですよ。向かいのログハウスに昨夜からきてます」

「ほう、休暇中ね」そう呟いた深沢の口から、「では例の出来損ないロボットの開発は、もう諦めたのかね？」と穏やかならざる発言。たちまち植え込みの陰から「誰ガ、出来損ナイダ！」と不満の声があがる。博士はバタンと扉を閉め、ぎこちない笑みを浮かべた。

「は、ははは、あ、諦めただなんて、とんでもない。ロボットはわたしの命ですから。休暇でリフレッシュしたら、また研究に戻りますとも、ははは」

「そうかい。だが、もちろん単なる休暇ではあるまい。例の話をしにきたのだろう？」

「ええ、まあ、お察しのとおりです。直接お会いしてご相談をと思いましてね」

「ふん、まあいいだろう。上がりたまえ。いま晩飯の支度をしていたところだ」

なんとか許しが出て、第一関門は突破。博士はホッと胸を撫《な》で下ろすと、深沢の豪華な別荘へと上がりこんだ。広々としたＬＤＫに足を踏み入れ、肩の鞄を下ろす。

そこは空調の効いた快適な空間だった。ピカピカに磨かれたフローリングの床にはＬ字形のソファとローテーブル。その正面にあるテレビ画面は六十インチほどもありそうだ。キッチンは、いま流行りのアイランド型だった。

深沢のいったとおり、夕食の準備中らしい。そこには赤味の牛肉を筆頭に、ジャガイモ、ニンジン、タマネギ、マッシュルームといった食材が並んでいる。傍《かたわ》らには透明なボウルに入った小麦粉などもある。「ははあ、今夜はカレーですか。それともシチュー？」

何気なく聞くと、深沢はアッサリ首を振って、「いや、お好み焼きだが」

それが何か？　といわんばかりの物言いに博士は「え、ああ、そっちですか」と誤魔化すように頭を掻いた。――畜生、こいつんちのお好み焼き、うちのと違いすぎる！

「話があるなら、さっそく聞かせてもらおうか。こう見えても、わたしは几帳面《きちょうめん》なタチでね。毎日ほぼ決まったスケジュールで動いているんだ。午後六時から七時の間に食事をして、七時から八時の間が入浴タイム。風呂から上がれば午後十一時まで晩酌、といった具合だ。だから、すまんが君の話は食事の用意をしながら聞かせてもらうよ」そういってキッチンへと向かいかけた深沢だったが、「おや、博士?」

突然、彼の視線がある一点に留まった。

「その手袋はもう脱いだらどうかね。このリビングはそんなに寒くはないはずだ」

「え⁉ ああ、これですか」博士は手袋をした右手をゆっくりと下ろすと、そのままジャケットのポケットに滑らせた。「いや、これは脱ぐわけにはいきません。なぜなら……」

といった次の瞬間、ポケットから引き抜かれた彼の右手には、ギラリと光る一本のナイフ。深沢の顔面に、たちまち恐怖の色が満ちる。科学者の仮面を脱ぎ去った博士は、残忍な殺人者の表情を露《あらわ》にして、東映時代の高倉健《たかくらけん》を思わせる決め台詞《ぜりふ》を口にした。

「深沢、悪いが死んでもらうぞ!」

「ま、待て、博士……は、話し合おうじゃないか……」

アイランドキッチンを背にしながら、冷静になれと訴える深沢。その右腕は何かを探るように背中に回されている。包丁でも持たれたら一大事だ。それを危惧《きぐ》する博士は問答無用とばかりに突進する構え。だが、そんな彼の視界がそのとき一瞬、白く煙った。

「──わッ！」思わず目を瞑《つむ》り、左の掌で目の前の白い霧を払う。

霧の正体はどうやら小麦粉らしい。深沢がボウルの中のそれをひと摑《つか》みして、博士の顔面目掛けて投げつけたのだ。それは、たいした量ではなかったものの、実に効果的な反撃だった。

一瞬ひるんで、棒立ちになる博士。その隙《すき》を逃さず、深沢がナイフを奪いに掛かる。リビングの中央付近、必死の形相《ぎょうそう》でもみ合う二人。押し込まれてドスンと壁にぶつかる博士の背中。弾みで手にしたナイフが床に転がり落ちる。我先にとばかり、それを拾おうとする深沢。そうはさせじ、と博士は背後から彼の首筋に腕を伸ばす。次の瞬間、博士の耳元で「うぐッ」という老人の呻《うめ》き声。いつの間にか、博士はスリーパーホールドのような恰好で、深沢の首を完全にロックしていた。こうなれば、もはやナイフなどに頼っている場合ではない。

「ええい、くたばれ、深沢！」

低い声で叫びながら、博士はその両腕にありったけの力を込めていった──

玄関扉を開けると、ロボ太は植え込みの陰で頭から雪を被《かぶ》って、ジッとうずくまっていた。いま彼にマッチを与えたなら、やはり小さな炎の中に、湯気の立つご馳走や暖かい暖炉を妄想するのだろうか。いや、所詮ロボットなのだから、そんなものは求めないか……

どうでもいいことを思いながら、博士はさっそくコントローラーを操作した。

「ロボ太、動け。立ち上がって中に入るんだ」

「フウ、モウ少シデ、凍エ死ヌトコロデシタヨ」

そんなわけないだろ、と呟く博士の前で、ロボ太は頭上の雪を振り落としながら立ち上がる。そして室内へと二足歩行で移動しながら、本物の共犯者のように聞いてきた。

「博士、アノ男、チャント殺シマシタカ？　マサカ、シクジッテナイデショウネ？」

「ああ、しくじってなんかいないさ」博士は玄関扉を閉め、殺しの感触の残る両手を見詰めた。「手こずったが、なんとかなった。いまはもうリビングで大の字だ」

二人はいったんリビングへと向かい、深沢の死体を確認した。両手両足を開いて倒れた仰向《あおむ》けの死体。それはリビングの中央から少しキッチンに寄ったあたりで、まさしく綺麗な「大」の字を描いていた。その様子を見ながら、ロボ太が意外そうな声を発した。

「オヤ⁉︎　ないふデハナクテ、首ヲ絞メテ殺シタノデスネ」

「ああ、結果的にな。でも、このほうが血を見なくて済むからマシだろ」

強がりながら博士は未使用のナイフを黒い鞄に仕舞い、あらためてリビングを見渡した。部屋の一角に引き戸がある。念のため開けてみると、隣の部屋は寝室だ。以前、部屋を見せてもらったことがあるから、すでに判《わか》っていたことだ。寝室の大半を占拠するように、キングサイズの豪華なベッドが置かれている。この特注ベッドが大きすぎて二階に上がらなかったため、やむなく一階が寝室になったのだ、と生前の深沢はいっていた。

ざっと見渡すが、特に問題はないようだ。安心して博士は引き戸を閉めた。

今度はL字形のソファに目をやる。そこには脱ぎ捨てられた赤いガウンがあった。これは使えそうだ。ガウンを抱えた博士は、鞄とコントローラーを手にしながら、

「よし、もうここに用はない。二階へいくぞ、ロボ太」

「OKデス。――ア、ダケド博士、チャント操縦シテクダサイネ。階段ノ上カラ転ガリ落チテ、『アイタタタ！』ミタイナばらえてぃ番組ッポイ感ジハ出サナクテ良イデスカラネ。絶対デスヨ。絶対ニヤメテクダサイネ、絶対ニ……」

「判った判った」なんだよ、その前フリは！　おまえがいちばんバラエティっぽいぞ。博士は呆《あき》れながら小声で呟く。「まったく、どこにも緊張感のないロボットだな……」

だが、緊張するロボットよりは犯罪向きともいえる。気を取り直した博士は、ロボ太を廊下に誘導し、二階へと歩かせた。上手に膝を使って一段ずつ階段を上っていくロボ太。

博士は誰にともなく胸を張りたい気分だった。

――どうだ、見ろ見ろ。ここまで完璧な二足歩行ロボットが他にあるか！

歓喜して見守る博士の前で、ロボ太は何のトラブルもなく二階に到着。もちろん博士は大満足だったが、ロボ太はどこか不満げな様子で、「ハカセー、笑イッテモンガ、判ッテナイッスネー」としきりに首を捻《ひね》っている。だが、博士はその呟きを意図的に無視した。お笑いのことを考えている場合ではない。うっかり忘れそうになるが、いまはアリバイトリックの仕掛けの真っ最中なのだ。

そうしてたどり着いた二階の一室。明かりを点《つ》けると、大きな本棚と格調高い木製のデスクが浮かび上がった。深沢の書斎である。窓辺には物が置かれておらず、ガランとしている。分厚いカーテンは閉じられていた。僅《わず》かな隙間から窓の外を見やると、向かいには隣家の平屋建ての別荘が見下ろせる。高橋家の別荘だ。それを確認した博士は、ロボ太を窓辺に立たせながら、

「よし、まずはこれを着るんだ」

そういって博士は赤いガウンを広げた。ロボ太の両腕を袖に通してやる。ゆったりとしたガウンを着たロボ太は、また一歩人間に近づいたように映る。だがこれでは、まだ不充分だ。博士は黒い鞄の中から、次なるアイテムを取り出した。

ゴム製の被《かぶ》り物だ。表面には老人の顔が描いてある。「これを被るんだロボ太……いやいやじゃない……いいから文句いわずに被れ……ほら、被れっていってんだろーが！」

嫌がるロボ太の顔に、無理やりゴム製の被り物を被せる。精巧な仮面を身につけたロボ太は、瞬く間に老人の顔を手に入れた。もちろん深沢新吉の顔だ。今回のトリックのために、博士自らが制作した一品である。仕上げに白髪のカツラを頭上に載せてやると、ロボ太の外観は深沢新吉の生き写しのようになった。博士はその仕上がりに充分満足した。

「完璧だ。この恰好でロボ太が窓辺を歩く。その姿をわたしは向かいの別荘の窓から、高橋夫妻とともに眺める。二人はそれを生きた深沢の姿であると信じて疑わないだろう。二人の証言により、深沢が殺害された時刻は大幅に後ろにずれるはずだ。それを見越して、わたしは高橋夫妻と今夜一晩、なるべく遅くまで一緒に過ごすつもりだ。それによって、わたしのアリバイは完璧になる。——どうだ、ロボ太。上手いトリックだろ？」

「ウーン、普通デスネ」とロボ太の採点は意外に辛かった。「最新ノろぼっとヲ用イレバ、モウ少シ斬新ナとりっくガ可能ニナルト思ウノデスガ、博士ノとりっくハ案外古典的デ、チョット古臭イ。正直ガッカリデス」

「う、うるさい。古いものには古いものの良さがあるんだ。だいいち今回のトリックは面白い小説のためのものじゃない。わたしの完全犯罪のためのトリックなんだからな」

身も蓋もないことをいうと、博士は最後の仕上げに取り掛かった。コントローラーを両手で持ち、老人の姿をしたロボットに向かって早口に説明する。

「君には申し訳ないが、ここからはわたしが君を操縦してやることはできない。わたしは高橋夫妻の別荘にいかなくちゃならないからな。だが大丈夫だ。これからの君の行動は、コンピューターに前もってプログラムされている。歩く速度、方向、距離。すべては自動制御だ。君は時間がくれば、自動的にこの窓辺を歩くことになるってわけだ」

「エエーッ、ソレジャア、マルデ自動人形ジャナイデスカ」

「…………」だってロボットって自動人形だろ？　思わず口を衝いて飛び出しそうになる本音を、博士はすんでのところで飲み込んだ。「まあ、そう怒らないでくれ。もちろん君は自動人形なんかじゃないさ。だって、わたしと君はもう友達じゃないか。お願いだから、わたしを助けると思って協力してくれ。なあ、頼むよ、ロボ太」

両手で拝むような仕草をする博士。するとロボ太は「ワ、判ッタ」とぎこちなく頷き、そしていきなり妙なテンションで訴えた。「デ、デモ、勘違イ、シナイデクダサイネ。ベツニワタシハ博士ノタメニ協力スルンジャアリマセンカラ。博士ガ逮捕サレタラ、ワタシノめんてなんすヲスル科学者ガイナクナルカラ、ソレデ協力スルダケデスカラ。ベ、ベツニ、博士ノコトナンテ、大事ジャナイデスカラ……」

「うんうん、判った判った」こいつ意外にツンデレだな。――ふッ、可愛い奴め！

だが、いまはロボットに特別な感情を抱いている場合ではない。博士はコントローラーのデジタル表示に視線を落としていった。「では、自動制御の時間設定をしよう。いまはもう午後六時半だ。高橋夫妻の別荘を訪問するのが午後七時。食事をしながら雑談して、酒など片手に窓辺に誘うとなると、まあ、だいたい八時ごろが妥当なところだろう。よし、スタート時間は午後八時。ストップするのはその三十分後だ」

博士は目覚まし時計を扱う要領で、その時刻を設定した。コントローラーの赤いボタンをプッシュする。これでタイマーのセットは完了。たちまちロボ太の背中が猫背になり、全身から力が抜けたようになる。ロボ太は一時的なスリープ状態に入ったのだ。

そのことを確認した博士は、窓辺のカーテンを四分の三ほど開け放つ。残りの四分の一はロボ太を隠すための、いわば目隠しだ。カーテンの陰では、老人の姿をしたロボ太が出番を待つベテラン舞台俳優のように黙って佇《たたず》んでいる。博士は祈るような口調で自らの相棒に声を掛けた。

「頼んだぞ、ロボ太。上手く動いてくれよ」

そして博士はひとりで書斎を出ると、深沢の別荘を立ち去っていった。

3. 目撃者

「こんばんはー、秋葉原ですー」

腕時計の針が七時を指すと同時に、博士は高橋家の別荘の玄関扉をノックした。犯罪者仕様の黒っぽい服からは一転、いまは薄いブルーのセーターに茶色のジャケット、ズボンはベージュのチノパンというスタイルだ。

間もなく玄関扉が開くと、グレーのニットを着た六十代の女性が姿を現した。高橋敏江《としえ》だ。パーマヘアの彼女は優しげな笑顔で来客を迎えた。

「まあ博士、よくきてくださいましたわ。さあ、どうぞどうぞ。――あなたー、博士がいらっしゃいましたよー」

敏江が声を掛けると、奥から夫の高橋欣造《きんぞう》がその巨体を現した。緑のポロシャツがはちきれそうなほどに突き出たお腹《なか》。完全なメタボ体形であるが、これでも街では評判の名医である。この時期は自分の病院を息子たちに任せ、夫婦揃って別荘で過ごすのが、毎年の恒例行事なのだそうだ。そんな欣造は博士の顔を見るなり、

「やあ、いらっしゃい。とんだ大雪で出掛けることもできず、退屈しておったところだよ。

さあ、博士、どうぞ中へ……」

考えてみると奇妙なことだが、秋葉原博士の実態をよく知りもせずに、みんな気軽に彼のことを「博士（もしくはハカセー）」と呼ぶ。人間でもロボットでも、誰もがそうだ。

――もはやそういうニックネームだな。

と心の中で自嘲気味に呟きながら、博士は高橋家の別荘に上がり込んだ。

広々としたＬＤＫには薪《まき》ストーブがあり、暖かく快適だった。大きなダイニングテーブルの上には、目にも鮮やかな料理の数々が、所狭しと並べてある。ちょうど四人分あるのは、高橋夫妻に連れがひとりいるからだ。まだ会ってはいないが、おそらく麻雀の得意な人物に違いない。なぜなら高橋夫妻は無類の麻雀好き。今宵、博士がこの別荘に招かれたのも、食事がメインというよりは、むしろ深夜まで続く麻雀大会のためである。もちろんアリバイ工作を目論《もくろ》む博士が、言葉巧みにそのように持ちかけたという側面もある。

「もうひとりいるから、お呼びするわね。ついさっきまで一緒に料理を手伝ってくれていたのよ。きっと自分の部屋で着替えているんだわ」

そういいながら敏江はリビングの隣の部屋に、いったん姿を消した。

残された秋葉原博士は欣造に対して、「いやあ、相変わらず素敵なお部屋ですねえ」などと歯の浮くような台詞を口にしながら、さりげなく窓辺に歩み寄る。僅かに開いたカーテンの隙間から覗《のぞ》くと、深沢の別荘が目の前だ。二階の書斎には眩《まばゆ》いほどの光が満ちている。ロボ太はカーテンの陰で、いまはまだ眠っているはずだ。

「そういえば、さっき」と背後から欣造の声。「隣の別荘から、ドスンという結構大きな物音が聞こえてきたような気がしたな。あれは六時過ぎだったか」

「お、大きな物音⁉」博士はドキリとした。六時過ぎの物音なら、おそらくそれは深沢と争った際の音に違いない。「そうですか。そういや、さっき雷も鳴っていましたね」

「いや、雷の音ではなかったと思うんだが……」

と、そのとき突然、窓の外でドサリという大きな物音。慌てて外を眺めると、どうやら庭木の枝に積もった雪が、地面に落ちた音らしい。博士は咄嗟《とっさ》に機転を利かせていった。

「ああ、雪ですよ。きっと六時過ぎにも同じように枝の雪が落ちたんですね」

「なるほど。そのようだ」欣造も納得したように、太鼓腹を揺らして笑う。

密《ひそ》かに胸を撫で下ろした博士は、窓辺でくるりと振り返る。それと同時にリビングの隣の部屋の扉が開いた。敏江に導かれるように姿を現したのは、意外にも若く美しい女性だった。薄いピンクのハイネックは、たぶん本物のカシミア製。清潔感溢れる純白のスカートは、膝がギリギリ隠れる長さ。アクセサリーの類《たぐい》はいっさい身につけていないが、それでも身体《からだ》全体から放たれるような輝きを感じる。――この娘は、いったい何者なのか。

唖然《あぜん》として挨拶さえ忘れる博士。そんな彼に成り代わって、敏江が彼のことを紹介した。

「こちら、秋葉原博士。街にご自分の研究所を持っていらっしゃる立派な科学者さんよ」

「ああ、秋葉原です。ど、どうも。みんなからは、は、は、ハカセーって呼ばれてます……」

ロボットのようなぎこちない動きで、頭を下げる博士。その姿を愉快そうに見詰める美女は、目の前の博士に対して、その美しく響く名前を口にした。

「初めまして二宮朱美《にのみやあけみ》です。みんなからは朱美さんと呼ばれています。どうぞよろしく」

丁寧に頭を下げる美女。そんな彼女の傍らで敏江が、「朱美さんは、わたしたち夫婦がお世話になっている資産家の娘さんなの。街にご自分のビルをお持ちでね——」と説明を加えたが、美貌の女性に目を奪われる博士の耳に、その声はいっさい届いていなかった。


それから小一時間が経過したころ——

四人での会食は和やかな雰囲気で終盤を迎えていた。出された料理は、どれも手が込んでいて美味だった。博士がその味を絶賛すると、敏江は対面式のキッチンを見やりながら、

「ご満足いただけて嬉しいわ。実は夕方の四時ぐらいから仕込みに掛かったのだけれど、なかなか満足に出来上がらなくて、結局ギリギリまで掛かっちゃったの」

「そんなに手間を掛けていただいたなんて恐縮です」

「いいえ、とんでもない。朱美さんが一緒だったから、とても楽しかったわ」

「そうそう」と欣造も合いの手を入れる。「女性陣二人が楽しそうに料理をしている間、男のわたしは居場所がなくてね。リビングの片隅でおとなしく本を読んでいるしかなかったよ」

「そうでしたか。お二人の手料理がいただけて光栄です」博士はテーブルの正面に座る美女を見詰めながら、「あ、あ、朱美さんはきっとお料理が得意なんですね」

「いえ、そんな……」と朱美は謙遜するように首を振った。「料理は好きですけど、腕には自信がなくて。今夜の料理も、大半は敏江さんが作ったものなんですよ」

「あら、だけどこのデザートは朱美さんがひとりで作ったものよ。食べてみて」

敏江に勧められた博士は「へえ、それは楽しみだなぁ」と微笑《ほほえ》みながら、今宵、最後の一皿に向かった。「やあ、これは美味《おい》しそうだ」

ババロアもしくはゼリーだろうか。さっそくスプーンですくって口に含む。

瞬間、博士の口許から「――うッ」と思わず漏れる呻き声。それは今宵の絶品料理をすべて台無しにするような、抜群の破壊力を持つデザートだった。『腕には自信がなくて』と朱美自身が口にしたその言葉は、謙遜などという上等なものではなく、嘘偽りのない真実だったらしい。だが男気溢れる秋葉原博士は残りのババロア（もしくはゼリーのようなもの）を、息を止めながらすべて胃に収めると「う、美味《うま》い！」と惜しみない賛辞を贈る。

「まあ、嬉しい！」と無邪気に喜ぶ朱美。

そんな彼女から顔を背《そむ》けるようにして、彼はグラスの赤ワインでこっそり口をゆすいだ。

こうして今宵の夕食会は、無事に、つつがなく、実に円満な形で、終了した。

それから四人は薪ストーブを囲みながらの歓談に移行した。ワイングラスを手にしながら、博士はふと壁の時計に視線をやる。時計の針は八時五分を指していた。

――八時五分か。彼女と出会って、まだ一時間しか経《た》っていないんだな。なんだか、もうずっと前から知っている女性のような気がするけれど。

そんなふうに心の中で呟きながら、朱美の姿を夢見心地で眺める博士。その脳裏で忘れかけていた何かがふいに蘇った。なんだろうか。誰か大事な人を待たせていた気がする。と思った次の瞬間、「あッ」と思わず博士は声をあげた。

――ロ、ロ、ロ、ロボ太ッ！

そうそう、そうだった。自分はいまアリバイトリックの真っ最中だったのだ。思いがけない美女との出会い。それに続く楽しいひとときのせいで、うっかり忘れるところだった。

「どうしました、博士？」朱美が不思議そうに聞いてくる。

「え、いえいえ、なんでもありません」博士はグラス片手に椅子を立つと、さりげなく窓辺に歩み寄った。カーテンを半分ほど開き、窓の外を見やる。目の前に建つ深沢の別荘。二階の窓を見上げると、煌々とした明かりの中に何者かの動く姿があった。

――ロボ太だ。

仮面とカツラとガウンで扮装したその姿は、生きている老人にしか見えない。ロボ太はコンピューターにプログラムしたとおりの動きを、窓辺で再現していた。ほとんど献身的とも思える彼の姿を見ながら、博士はたとえ一瞬でも今宵の目的を見失った自分を恥じた。

――そうだ。自分は冷酷非情で計算高い犯罪者。目指すは完全犯罪あるのみだ！

ようやく自分を取り戻した博士は、邪悪な思惑を胸にしながら、朱美を窓辺に誘った。

「やあ、見てくださいよ、朱美さん。まだ、こんなに雪が降り続いていますよ」

「本当ですね。もうすっかり、陸の孤島って感じですね、この別荘地全体が」

「ははは、まさか」いや、そういう状況に陥っている懸念は確かにあるが、いまはそれどころではない。博士は向かいの建物の二階を指差しながら、「おや、窓辺に人の姿が……」

「え、どこです？」朱美が視線を上に向ける。

と同時にロボ太がカーテンの陰に隠れた。博士は思わず「ちッ」と舌打ちだ。だが仕方がない。これもプログラムされた動きである。老人の姿をしたロボ太が三十分間、休まず窓辺をウロついていたら、逆に不自然に思われるだろう。そう思って、ロボ太がときどきカーテンの陰に隠れるように設定したのだ。——なに、しばらくすれば、また姿を現すさ。

自分を落ち着かせるように、博士は手にしたワインをひと口飲む。すると——

「あ、ほら、あの人ですよ、朱美さん！」

再び二階の窓辺に現れたロボ太。それを指差す博士。だが朱美の反応はない。「あれ!?」と慌てて博士はキョロキョロ。すると朱美はいつの間にか違う方角の窓を覗きながら、

「わー、こっちの窓からは街の夜景が一望できますよー、ハカセー」

と彼のことを無邪気に手招きしている。博士は憮然《ぶぜん》とした表情をするしかなかった。

何事もない状況ならば、歓《よろこ》び勇んで彼女に駆け寄り、ともに夜景を眺めるところだ。いや、いまでも本音ではそうしたい。だが、いまの彼には夜景を眺めている暇はないのだ。

「あのー朱美さん、夜景を眺めるのもいいですけど、隣の別荘を眺めるのも、なかなかオツですよ」——って、んなわけあるか！　夜景のほうがいいにきまってるだろーが！

虚しい気分を味わいつつ、自分にツッコミを入れる博士。するとそのとき突然、ドサッと庭木から雪の落ちる音。なんでもない音だが、意外にもこれに朱美が反応を示した。

「あら、なんの音かしら」再び博士のいる窓辺に舞い戻る朱美。

今度こそ絶好のチャンス。博士は「なに、枝から雪の塊《かたまり》が落ちたんですよ」といって、

さりげなく頭上を指差す。釣られるように上を向く朱美。博士は祈るような思いで深沢の別荘の二階に目をやる。その窓にロボ太の姿は――ない！　畜生、またカーテンの陰だ！

思わず絶望的な気分に陥る博士。だが次の瞬間、「あッ、また出てきた！」

カーテンの陰からゆっくりと登場するロボ太。今度こそ、その姿は朱美の目にも留まったらしい。二階の窓辺を歩くロボ太の姿をジーッと見詰める彼女は、意外そうな口調でいった。「あら、あの方は、夕方五時ごろ、ここにお見えになった方ですね」

「ええ、そうよ」と答えながら、敏江も向かいの窓辺を見上げる。「あの人、『もし良かったら夕食をご一緒しないか』って誘いにきたの。きっと朱美さん狙いだわ」

それに違いない、と博士も確信した。深沢は善意で他人を夕食に誘う男ではない。

「それで、どうお答えになったんですか？」博士が聞く。

「もちろん断ったわ。うちはうちで博士をご招待しているんだから。それにだいいち、あの人の作る料理なんて、たぶん美味しくないわ。きっとカレーかシチューよ」

――いいえ、お好み焼きですよ！

博士は心の中で呟きながら、ほくそ笑んだ。朱美と敏江、二人はいま窓辺を歩くロボ太の姿を確かに見た。なおかつそれを生きた老人の姿であると認識している。期待通りの反応に手ごたえを感じる博士。そこへさらに欣造が加わった。

「ああ、あの人か」欣造は向かいの別荘を見上げながら、朱美に説明した。「彼は深沢新吉さんという人でね、この別荘地を開発した実業家だよ。お金持ちだが、正直あまり感じのいい人ではない。いわば金の亡者みたいな人だ」

「あら、あなた、それはいいすぎですよ。きっと孤独な人なんだわ。いまだって、なんだかひとりで寂しそうに見えるじゃありませんか」

「ええ、ええ、見えます、見えます。孤独な老人が哀愁たっぷりに窓辺を歩く姿が！」

　こみ上げる歓喜の思いを抑えきれずに、博士は何度も頷く。だが興奮気味の彼の隣で、朱美が冷静なひと言。「寂しそうっていうより、なんだかちょっと動きが変では？」

「へ、変って……なにが？」

「うーん、上手くいえないけれど、なんだか夢遊病者みたい。あるいはロボッ……」

　うわあ！　と心の中で悲鳴をあげた博士は、朱美の視界を遮るように彼女の前に立ちはだかった。キョトンとする彼女に対して、咄嗟に彼はまったく別の質問。

「と、ところで、朱美さんは、ま、麻雀はお好きですか」

　すると彼女はニンマリとした笑みを浮かべて「もちろん」と頷いた。その瞬間、彼女の脳裏から金持ちの老人の話題は消え去ったらしい。朱美は高橋夫妻に向かって牌《パイ》を摘《つま》む手つきを示しながら、企むように片目を瞑った。「――それじゃ、そろそろ始めます？」

それから時計の針は進み、気が付けば真夜中過ぎ。高橋家の別荘のリビングには、麻雀卓を囲む対照的な四人の姿があった。「よーし、もう一荘《イーチャン》いきましょう」と徹夜も辞さない構えを見せる二宮朱美と高橋夫妻。それに対して「すみません、もう堪忍……」と泣き言をいって頭を下げる秋葉原博士。誰がカモられたか、一目瞭然の構図がそこにはあった。

結局、博士が身包《みぐる》み剝《は》がされる寸前で麻雀地獄から解放されたのは、午前三時のことだった。降りしきる雪の中、『雀荘高橋』からひとり飛び出した博士は、

「ち、畜生、強《つ》ぇえ……朱美さん、超強ぇえぜ……」

うわごとのように呟きながらトボトボと歩き出す。だが、その胸中には沸々《ふつふつ》と湧き上がる喜びが確かにあった。

——まあ、勝負には負けたが、実質勝ったようなものだ。昨夜の午後七時から日付の変わった午前三時まで、完璧なアリバイが手に入ったのだから。

「でも、まだ終わりじゃない」気を引き締めるように博士はいった。大役を務めたロボ太は、まだ深沢の別荘の二階にいるのだ。「今宵のMVPを迎えにいってやらないとな」

博士は深沢の別荘を再び訪れた。玄関から侵入した博士は、真《ま》っ直《す》ぐ二階の書斎に向かう。カーテンの陰に、スリープ状態のロボ太が静かに佇んでいた。傍らに置かれたコント

ローラーを手にして、さっそく起動スイッチを押す。ロボ太はぐっと背筋を伸ばして博士の存在を認識。そして、すぐさま聞いてきた。

「ヤア博士、ドウナリマシタ？　現場不在証明ハチャント作レマシタカ？」

「ああ、バッチリだよ。ロボ太のお陰だ」

いいながら、博士はロボ太の頭からカツラを取って仮面を剝がす。赤いガウンを脱がせると、ロボ太は元の二足歩行ロボットに戻った。「さあ、こんなところに長居は無用だ」

ガウンだけは書斎に残し、カツラと仮面は黒い鞄に押し込んだ。再びコントローラーを手にして、ロボ太を操縦する博士。寝室を出たロボ太は慎重に階段を下り、玄関へとたどり着く。扉を開くと博士の別荘『秋葉原研究所・別館』は、もう目の前だ。あたりは暗い雪の夜。もちろん人通りなど、あるはずもない。「――よし、一気に走るぞ、ロボ太」

「ガッテン承知ノ助デスゼ、ハカセー」

「おまえ、どこでそんな言葉を覚えたんだ！」博士は叫びながら駆け出した。「それから、ついでにいっとくが、わたしは『ハカセー』じゃなくて『博士』だからなぁ――ッ」

深い雪の中、同じゴール地点を目指して並走する博士とロボ太。

二人の残した足跡を、盛大に降り続く雪が瞬く間に掻き消していった。

こうして博士とロボ太は無事、『秋葉原研究所・別館』に戻った。だが博士がすぐに寝床に入れたわけではない。彼には最後の仕事が残っていた。それはロボ太を隠すことだ。深沢の死体が発見され、警察の捜査が始まれば、この『別館』にも捜査員たちがやってくる。そこに人間型ロボットがあれば、どれほど怪しまれるかは、想像に難くない。《共犯者》の存在は、警察の目から隠しておくに限るというわけだ。——では、どうやって？

もし、これが人間の共犯者ならば、殺して森に埋めるところだろう。だが幸いにして、ロボ太はロボット。機械なのだ。ならば分解するという手がある。人型ロボットだと悟られない程度に分解してしまえば、警察の目は欺ける。なぜなら、仮にもここは『秋葉原研究所・別館』。機械や道具の類は、室内にもワゴン車の中にも散乱している。そこにロボットの腕やら足やらが転がっていたところで、不自然に思われることはないわけだ。

「まさしく『困難は分割せよ』そして『木の葉は森に隠せ』というわけだ。——ふふッ」

巨大なスパナを握り締めた博士が、邪悪な笑みを浮かべながらロボ太ににじり寄る。

「エエーッ、博士、酷イデスー、ワタシヲ分解スルナンテ、アンマリデスー」

「そう心配するなって。ほとぼりが冷めたら、また組み立ててやるからさ」

「本当デスネ。約束デスヨ……チャント元ドオリニ……組ミ立テテ……クダサイ……ヨ……」

こうして数時間後、博士は最後の仕事を終えた。着の身着のままの疲れた身体をベッドに横たえる。窓辺に視線をやれば、降り続いていた雪は、いつの間にか止んだらしい。東の空にはすでに輝く朝日が昇り始めていた。

4．死亡推定時刻

外の騒がしさで目が覚めた。目を開けてみるが、暗くて何も見えない。ハッとなりながら上体を起こす。枕元の明かりを点け、時計の針を確認すると、六時半を示している。だが午前ではないだろう。午後六時半だ。

「シ、シマッタ！」秋葉原博士は思わずベッドの上で悲鳴をあげた。「あんまり疲れたんで、半日ほども寝ちまったらしいぞ。あ、あれから、いったいどうなったんだ？」

その問いに応えるように突然、玄関扉にノックの音。「博士、いらっしゃいますか」

博士はベッドから飛び出し、扉を開け放つ。玄関先に立つのは、ピンクのハイネックに白いスキニーパンツを穿《は》いた美女、二宮朱美だった。彼女は博士の顔を見るなり、叫ぶようにいった。

「た、大変です、博士。お向かいの別荘で深沢さんが、こ、殺されています！」

「やあ、そうですか」

博士は思わずホッと安堵《あんど》の息を吐いた。せっかく用意した鉄壁のアリバイも、死体発見が遅れれば無意味なものになりかねない。深沢を殺害したのは、昨日の午後六時過ぎ。それから丸一日で発見に至ったのなら、まあ許容範囲だろう。「…………」

「あれ、驚かないんですか、博士？」

「え⁉」博士はいまだ寝ぼけている自分を知った。咄嗟に自分の取るべき態度を考え、いまさらのように絶叫する。「な、なんですってえ！　ふ、深沢さんが、こ、殺されたですってぇ！」

少々、芝居がクサ過ぎただろうか。朱美の表情に一瞬、怪訝《けげん》そうな色が浮かんだ。

「向かいの別荘ですね。いきましょう！」

博士は自らの失策を誤魔化すように、夜の闇の中へと勢い良く飛び出した。深い雪を踏みしめながら、深沢の別荘に駆けつける。朱美も彼の後に続いた。玄関扉は開いていた。迷わず中に入り上がりこむと、広いＬＤＫには意外にも多くの人の姿があった。

博士はざっと視線を走らせた。そこにいるのは五人の男女。ただし、そのうち二人は高橋欣造と敏江の夫妻だから、新顔は三名のみ。若い男女と中年男性だ。

そして一同の見下ろす視線の先には、仰向けに倒れた初老の男性。強欲な資産家、深沢新吉の変わり果てた姿がそこにあった。

　両手両足を投げ出したその身体は、綺麗なフローリングの床の上に相変わらず見事な「大」の字を描いている。だが、もちろんここは初めて死体を見た態《てい》で驚くべき場面だろう。そう判断した博士は、顔面を引き攣《つ》らせながら、必死に叫び声をあげた。

「な、な、なぁーんですか、これはぁ！　い、い、いったい、なぁーにがあったというんですかぁ！」

　博士の懸命の芝居に応えるように、高橋欣造が真顔でいった。

「大変なことになりましたよ、博士。深沢さんは首を絞められて息絶えている。これは殺人です。医者のわたしがいうのだから、間違いはありません」

「ささ、殺人！　では警察は？　もう一一〇番には通報したんですか」

「それは、つい先ほど、わたしが」と高橋敏江が手を挙げた。「でも駄目なんです」

「え⁉　駄目、といいますと……」

「大雪の影響で盆蔵山のあちこちで交通が遮断されているらしいんです。そのため警察の到着は明日以降になるのだとか。当分、本格的な捜査は見込めないというわけです」

「ううむ、なんということだあぁ。凶悪な殺人犯が、付近に潜伏しているかもしれないというのに、警察が当てにできないなんてぇ。まさしくこれは危機的状況だぁ」

果たしてこれ以上、下手《へた》な芝居を続けることに意味があるだろうかと、博士はいささか疑問を覚えた。

——なんだか自分で自分の首を絞めているようにも思えるが、気のせいか？

だが、そのとき冷静な女性の声が、彼の発言に異を唱えた。「いいえ、博士。犯罪者が付近に潜伏しているという考えは、どうかと思いますよ」

声の主は二宮朱美だった。彼女は理論的にその根拠を口にした。

「盆蔵山は昨日の昼間には、かなりの積雪になっていました。その時点でこの別荘地全体が、雪に閉ざされた陸の孤島と化していたと考えるべきでしょう。その陸の孤島に外部から何者かが侵入し、深沢さんを殺害して、どこかに逃走した。あるいは殺人を犯したまま、この付近に潜伏している。そういう状況はちょっと考えにくいのではないでしょうか」

「ふむ、わたしも彼女の意見に賛成だ」と欣造が手を挙げた。「現に、我々も昨日の昼以降は身動きが取れずに、この別荘地からは一歩も外に出ることができなかった。誰かが外部からやってくることなど、物理的に不可能だったと思う。もちろん、この別荘地の中での移動ぐらいは、そう難しいこともなかったろうが……」

朱美と欣造が唱えているのは要するに、犯人はこの別荘地の滞在者の中にいる、というわゆる内部犯行説である。博士としては外部犯の可能性を残しておきたいところだったが、確かに昨日の状況を思い起こせば、二人の見解に説得力がありそうだ。博士は一転して態度を翻《ひるがえ》した。

「やあ、実はわたしもお二人と同意見です。この状況で雪を掻き分けながら、はるばる遠くからやってくる殺人犯など考慮に値しません。もちろんですとも」

そして博士は、あらためてその視線を初対面の三人へと向けた。

「ところで、この人たちは、どなた？」

「三人とも、ここの滞在者だよ」と欣造が答えた。「わたしたち夫婦。朱美さんと博士。それからこの三人。殺された深沢さんを除けば、この七人がここの滞在者のすべてだ。――ああ、みなさん、この方は秋葉原博士。研究所の所長をされている科学者だよ」

「秋葉原です、どうも」と博士は軽く頭を下げ、目の前の三人を素早く観察した。

ひとり目はポニーテールの若い女性だ。小柄な痩せた身体に赤いダウンジャケットを着ている。顔立ちは整っている部類だが、女性としての魅力は二宮朱美には遠く及ばない。

二人目は若い男性。こちらは青いダウンジャケットだ。黒縁の眼鏡《めがね》をかけた知的な顔立ち。おそらくはポニーテール女の彼氏なのだろう。若い二人は寄り添うように立っている。

三人目は身なりの良い中年男性だ。茶色のジャケットに黒いズボン。白髪まじりの頭には、若干の苦労の影が見て取れる。中小企業の偉い人、といったところだろうかと、博士は見当を付けた。

中年男性は「安藤栄作《あんどうえいさく》です」と自ら名乗りを上げた。するとポニーテールの女性が「桜井瑞穂《さくらいみずほ》といいます」と頭を下げ、黒縁眼鏡の男が「市川健太《いちかわけんた》です」とそれに続いた。

三人の息が妙に合っている。そう思った瞬間、博士の胸に、とある不安が広がった。

「ひょっとして、お三方は仲間同士なのですか。親しそうに見えますけど、同じ別荘に泊まられているとか？」

すると、安藤栄作が首を左右に振った。「いいえ、違います。わたしは小さな貿易会社を経営する者で、自分の別荘にひとりです。そちらの市川健太君と桜井瑞穂さんは同じ大学に通うお仲間らしい。二人で市川家の別荘に滞在しています。そうだよね、市川君」

「ええ、そうです。仲間同士に見えますか？　だったらそれは昨日、僕らが安藤さんと三人でバーベキューを楽しんだからですね。そこで仲良くなりました」

「バーベキューって、昨日は結構な雪だったけど」

「ええ。だけどうちの別荘、大きな庇《ひさし》の張り出したベランダがあるんですよ。その下なら雨でも雪でもバーベキューが楽しめるってわけです。昨日は夕方四時ごろから三人で盛り上がりました。――なあ、桜井？」

「そうだけど、いまはそんな話、どうでも良くない？」と桜井瑞穂は常識的な発言。

だが、どうでも良くはないのだ。実は、ここは重要な部分である。博士は無理やりのように同じ話題を続けた。「ち、ちなみに、そのバーベキューは何時ごろまで？」

「え、夕方六時ごろまで続いて、それから三人で室内に入って、午後七時半ごろまで一緒に珈琲《コーヒー》を飲みました。その後、安藤さんは自分の別荘に戻られましたけど……」

それが何か？　といいたげな顔で市川健太が答える。博士は何でもないような顔で、「ああ、そうでしたか」といいながら、その実、密かに胸を撫で下ろしていた。

博士の胸中にあった、とある不安。それは彼ら三人が三人とも、昨夜の午後八時以降のアリバイを保持しているのではないか、ということだった。その場合、いくら博士が鉄壁のアリバイを主張したところで、お互いにアリバイの主張合戦になってしまう。そのような展開は望ましくないのだ。

だが、どうやらそれも杞憂《きゆう》だったらしい。

彼ら三人は昨夜の午後八時以降のアリバイをたぶん持っていない。ならば好都合だ。

――それでは、この三人の誰かに、犯人になってもらうとしよう。

秋葉原博士はあくどい思惑を隠しながら、医者である高橋欣造に申し出た。

「警察が当分こない以上、我々の手でできるだけのことはしておいたほうがいいと思います。そこでお願いですが、深沢さんの死体を調べていただけませんか。死亡推定時刻だけでも判っていたほうが、後々の捜査にも役に立つと思いますから」

「うむ、博士のいうとおりだ。わたしもそれがいいと思う。よし、一刻も早く始めよう。――おい敏江も、手伝ってくれ」

すっかり医者の顔になった欣造は、綺麗な床の上に両膝をつきながら、さっそく死体を覗き込みはじめた。敏江もどうやら医療の経験者らしい。目の前の死体に臆することなく、夫の隣にしゃがみこんだ。

よし、これでいい、と博士は頷いた。これで確実に、被害者の死亡推定時刻が割り出される。もっとも、それはトリックによって歪《ゆが》められた、偽りの時刻となるわけだが……

余裕の笑みを浮かべた博士は、死体のことは高橋夫妻に任せ、あらためて三人の《容疑者》へと向き直った。「ところで、最初に死体を発見されたのは誰です?」

「わたしでした」と手を挙げたのは、白髪まじりの中年男性、安藤栄作だ。彼は死体発見に至る経緯を説明した。「実は先ほども話に出た、昨日のバーベキュー。その最中に深沢さんのことが話題になりましてね。彼らの話によれば、深沢さんもちょうど滞在中だというじゃありませんか。だったら、ひと言挨拶をと思って、今日のお昼にこの別荘を訪れたんです。ところが呼び鈴を鳴らしても返事がありません。この雪の中、留守というのも変だなと思ったのですが、そのときは仕方なく自分の別荘に戻りました。そして夕方になって、つい先ほど、あらためてここを訪れたのです。窓には明かりが見えますし、間違いなくご在宅だろうと思いましてね。ところが、やっぱり返事がない。これは変だ、と妙な胸騒ぎを覚えました。それでわたしは明かりの見える窓から部屋の中を覗いてみたんです。閉じたカーテンの隙間からね。そこはリビングでした。床の上に深沢さんが倒れています。わたしは思わず悲鳴をあげました。すると、その声を聞きつけたのでしょう。すぐに彼ら二人が駆けつけてきたのです」

そういって、安藤栄作は若い男女を指差した。

「ええ、そうでした」と黒縁眼鏡の市川健太が後を引き取った。「そのとき僕と桜井さんは、たまたま外に出ていました。翌朝のことを考えて、別荘前の雪かきをしていたんです。そうしたら突然、男の悲鳴です。僕らは何事かと顔を見合わせました」

「そうそう」とポニーテールの桜井瑞穂が頷く。「それで、あたしと市川君は揃って声のするほうに駆け出したんです。そしたら深沢さんの別荘の前に、安藤さんがいて……」

あー、はいはい、そういうことね——と話の途中で博士は早々に興味を失った。

要するに、三人は揃って別荘に足を踏み入れ、そこで深沢の死体を確認したというわけだ。高橋夫妻と二宮朱美は、彼らの騒ぎを聞きつけて現場に向かったのだろう。そして寝坊した自分が、朱美に呼ばれて最後に駆けつけた。どうやら、そういう流れのようだ。

「なるほど、そうでしたか」ロクに話も聞かず、博士は重々しく頷いた。――さてと、この三人にどうやって罪を擦《なす》り付けてやろうか？

そう思案していると、「ちょっといいですか」と市川健太が手を挙げた。レンズ越しの知的な視線を欣造へと向けながら、「その方はお医者さんなんですね？」と聞いてくる。

「ああ、そうだよ。街で評判の名医だ」

「そうですか。しかし名医だからといって犯人でないという保証はないはずですよね。実はその人が殺人犯で、自分にとって都合のいい死亡推定時刻を導き出す。そういう可能性は考えなくてもいいのですか」

この問題提起に博士は思わず唸《うな》った。結論からいえば、その可能性は考えなくていいのだ。なぜなら、高橋欣造は犯人ではないのだから。だがそのことを、この彼にどう納得させれば良いのだろうか。腕組みする博士をよそに、そのとき当の欣造が提案した。

「ふむ、わたしがインチキをすると思うのなら、君も一緒に死体を検《あらた》めたまえ。特別に法医学の初歩をレクチャーしてやるとしよう。まず死後硬直だ。死体は死後二、三時間で硬直が始まり、冬場ならば半日程度で硬直は全身にいきわたる。この被害者もすでにそういう状態になっているだろ。つまり、死後十二時間以上は経過しているものと考えられるわけだ」

　どれどれ、といいながら市川健太も死体の傍らにしゃがみこむ。そして腕や肩の関節を動かしながら、「なるほど、おっしゃるとおりどこもかしこも硬直していますね。では、いまはもう午後七時に近いから、殺されたのは朝の七時よりも前ってことですか」

「そうだな。だが、もっと絞れるだろう。次は死斑だ。これは死体の下側になった部分に血液が移行して生じる、赤紫色の斑点のことだ。死斑は死後間もなくには、指で圧力を加えると色が消える。だが死後二十時間ほどが経過すると、もう指先で押しても変化は起こらない。――ほら、このようにだ」

　欣造は死体の首の下などを指で押しながら、そのことを示した。「すなわち、この死体は死後二十時間以上が経過していると見られる。ということは何時になるかね？」

「ええと、午後七時の二十時間前というと、昨夜の午後十一時ごろですね」

「さよう。被害者が殺害されたのは、その時刻よりもっと前のことだろう。それじゃあ次は眼球だ。見てのとおり、この死体は目を閉じて死んでいる。この状態だと角膜は十二時間程度で濁り始めて、おおよそ二十四時間で瞳孔が確認できるかどうか微妙といった感じになる」

　そういいつつ、欣造は死体の瞼《まぶた》を指先で開き、眼球を覗き込む。そして「うむ」と頷いた。「まさしく、いまは瞳孔が辛うじて確認できるかどうか、といったところだ」

「なるほど、確かに」市川健太も同様に死体の目を覗き込みながら、「では、被害者は死後ちょうど二十四時間が経過している。つまり殺されたのは昨日のいまごろ……」

「ゴホッ、ウホッ」ズバリ真実を指摘されて、博士は慌てて咳払い。そして何食わぬ顔で欣造に訴えた。「あのー、それはあくまでも目安ですよね。死体には個人差があるはず。殺されてきっちり二十四時間というわけではないと思うのですが……」

「おお、もちろんだとも、博士。死亡推定時刻はその言葉どおり、あくまでも推定だ。前後には数時間の幅がある。だから、わたしも『およそ二十四時間』といったのだよ」

「そ、そうでしょうね」博士は額の汗を拭った。「いや、びっくりしましたよ。だって、この被害者が死後二十四時間も経っているわけがないのですから。——ねえ？」

　判るでしょ、といわんばかりに問い掛けると、朱美がパチンと手を叩《たた》いた。

「あ、そっか。確かに博士のいうとおりね。だって昨日の夜八時ごろに、あたしたち、深沢さんが窓辺にいる姿を、直接この目で見ているんだから」

「ふむ、そういえばそうだったな」と欣造も頷く。「わたしたち夫婦と朱美さん、それに博士も同じ光景を見ている。——そうだったね、博士？」

「そうですとも。昨夜の午後八時ごろまでは、確かに深沢さんは生きていたんですよ」

「だとすると、どういう結論になるんですか」市川健太が心配そうに聞く。

高橋欣造は医者らしい威厳のある声で答えていった。「深沢さんが殺害されたのは、昨夜の午後八時以降から午後十一時までの間。どちらかといえば八時に近い時間帯だろうと推測される。現在の段階でいえることは、それだけだな」

それだけで充分ですとも！　博士は名医の下した所見に、満足の笑みを浮かべる。そして自らの頭を整理するかのようなフリをしながら、その実、他人に聞かせるための独り言を口にした。

「……昨日の午後八時から十一時の間か。その時間帯なら、高橋夫妻は自分の別荘で朱美さんと一緒に麻雀卓を囲んでいたはず。他ならぬ、このわたしが証人なのだから間違いはない。つまり彼らにはアリバイが成立する。ということは……」

秋葉原博士は、残る三人の《容疑者》へと、あらためて視線を向ける。すると、それに釣られるように、二宮朱美が彼らのほうに向き直りながらいった。

「申し訳ありませんが、そちらのお三方のアリバイを、お聞かせいただけませんか」

5. ロボット

二宮朱美の要求は当然のものだったが、三人は大いに気分を害した様子だった。中でもいちばん不利な立場の安藤栄作は、あからさまに不満げな表情を浮かべた。

「ア、アリバイですって⁉ そんなものありませんよ。さっきもいったように昨夜、午後七時半まではバーベキューからの流れで、市川君や桜井さんと一緒でしたが、その後、わたしは自分の別荘に戻ったんですから。午後八時から十一時の時間帯なら、ひとりで本を読んでいたと思いますけど、きっとそんなのはアリバイになりませんよね」

中年男性は諦め顔でいった。朱美はその怜悧《れいり》な視線を、今度は二人の若者に向けた。

「市川さんと桜井さんは、いかがですか」

「僕と桜井さんはずっと一緒でしたよ。午後七時半に安藤さんが帰っていった後も、僕らずっと同じ部屋で真夜中まで過ごしましたから。――なあ、桜井」

「うん、そうそう。お風呂も一緒だったし、ベッドも一緒だった」

桜井瑞穂は無実を主張したい一心なのか、必要以上のことをぶっちゃけた。真面目そうな市川健太のほうが、たちまち耳まで真っ赤になる。だが、それで完璧なアリバイが立証できるのなら世話はない。現実はその逆だ。朱美は、やれやれ、とばかりに首を振った。

「残念ですが、その話が事実ならば、お二人はかなり深い関係ということになりますよね。ならば、お二人が主張するアリバイには信憑性《しんぴょうせい》を認めることができません」

「じゃあ、あなたは僕と桜井さんが二人で協力して、今回の殺人を実行したというんですか。それは酷い。まさしく下衆《げす》の勘《かん》ぐりってやつだ」

「そうよ」と桜井瑞穂が恋人を後押しする。「あたしたちは二人一緒だったのよ。疑うんなら、ひとりで本を読んでいたっていう、こっちのオジサンをまず疑うべきでしょ！」

「まったくだ。『第一発見者をまず疑え』というのは捜査の鉄則だっていうしな」

どうやら若いカップルは、その標的を安藤栄作に定めたらしい。まあ、彼らとしては賢明な判断である。正直、秋葉原博士としてはリア充を満喫する若い大学生よりも、孤独な会社社長のほうに親しみを覚えたが、それはそれ、これはこれ。罪を擦り付けるのに好都合な人物はどちらかと聞かれれば、それはやっぱり安藤栄作のほうだろう。

「安藤さん」といって博士は彼ににじり寄った。「ひょっとしてあなた、本当はあの強欲と噂される深沢さんに、借金か何かあったのではありませんか。その件で、あなたと深沢さんは険悪な関係にあった。それが高じて、あなたはその手で深沢さんを絞め殺すに至った。そういうことなんじゃありませんか。どーですか、安藤さん！」

「ち、違う。違うんだ。た、確かに、わたしはあの男から金を借りた。五千万円だ」

――あんたもか！　じゃあ仲間じゃん！

博士は、なぜ自分がこの男に対して親しみを覚えるのか、よく判った気がした。だが容赦している場合ではない。敢えて冷たい声で言い放つ。「だから殺したんですね！」

「いいや、殺したりはしない。わたしはただ話し合いをしようと思ってこの別荘を訪れ、偶然、彼の死体を発見しただけだ。わたしじゃない。わたしじゃないんだよ」

「しかし、この状況の中でアリバイを持たない人物は、あなたしかいない」

「そ、それは、それは何かの間違いだ。――お、おい、先生」安藤栄作はとうとう高橋欣造に泣きついた。「さっきの死亡推定時刻は、本当に確かなのか。もっと他にやり方があるんじゃないのか。絶対間違いのない時刻を導き出すやり方が！」

「絶対に間違いがないやり方、というのはあり得ないな。だが、そこまでいうなら直腸温度を計るというやり方が、もうひとつ残っている。もっとも、それを計ったからといって、さきほどの所見が大幅に覆るということは、あり得ないと思うが……」

「やってくれ。なんでもいいから、もう一度、詳しく調べてくれ」

欣造は困ったような顔をしながら、「どう思うかね？」と朱美に意見を求める。すると彼女も肩をすくめて、「まあ、それで彼が納得するなら……」と消極的な同意を示した。

「うむ、そうだな。では、やってみよう。ただし直腸内に体温計を差し入れるためには、死体を動かす必要があるな。仰向けの死体をうつ伏せにするんだ。博士、手伝ってくれ」

「いいですとも」

博士は気安く引き受けると、深沢の死体へと歩み寄った。硬直した死体の下半身を持つ。欣造は上半身を持ちながら、「では、そこのソファに運ぼう」

二人は呼吸を合わせて、一気に死体を持ち上げた。そのまま慎重な足取りで、L字形のソファへと移動する。二人は表裏をひっくり返す形で、死体をソファに横たえた。

「――ふう」小さく息を吐き、後ろを振り返る。するとその瞬間！

自分の目に飛び込んできた意外な光景に、博士は思わず目を見張った。背筋が凍りつき、心臓の鼓動が高鳴る。あまりのことに言葉を発することもできない。そんな博士の表情を、怪訝そうに見詰める二宮朱美。だが、その視線を床の上に移した途端、彼女の口許からも、「あら⁉」という驚きの声が漏れた。「なんだか、そこだけ汚れているみたい……」

そういって朱美が指差した場所。それは、たったいままで死体が転がっていた、フローリングの床の上だ。たちまち一同の視線がその一箇所に集まる。やがて一同の間から、新たな発見と大いなる疑問の声が湧き上がった。

「なによ、あれ？」「床の上になんか見える」「ええ、確かに見えるわ」「白っぽい何かだ」

「字のようにも見えるが」「そうだ、文字に見える」「大ね」「うん、大だ」「大の字だ」

確かに、それは「大」の文字だった。深沢の死体が大の字になって転がっていた床。その死体を移動させたことによって、いままで隠れていた床が露になった。その部分が、なぜか白っぽい「大」の文字となって、茶色い床の上にくっきりと浮かび上がっているのだ。

「――なんなの、これ？」

呟きながら、謎の文字に歩み寄る朱美。細い指で床の表面を軽く撫で、その指先をしげしげと見詰める。やがて彼女はその視線をアイランドキッチンへと向けた。そこには放置された食材と白い粉が入った透明なボウルがある。それを見て朱美は大きく頷いた。

「小麦粉だわ」

床に浮かび上がった白っぽい文字の正体。確かに、それは小麦粉だった。そのことは誰よりも博士が、いちばんよく知っている。死の直前、深沢が苦し紛れに投げつけたひと握りの小麦粉。それが床の広い範囲に薄《うっす》らと残り、「大」の文字を描いているのだ。

――しかし、判らん。なぜ、床に撒《ま》かれた小麦粉が、こんな形に？

と、思ったそのとき、壁に掛けられた時計の針が七時を示した。突然、文字盤の上の小窓が開き、時を告げる鳩が「ぽッぽー、ぽッぽー、ぽッぽー」とその場の空気も読まずにきっちり七回、間抜けな声で鳴く。何事かと胸を押さえた博士は「なんだ、鳩時計か」とホッと安堵の息を吐く。

だが油断した次の瞬間、また別の音がどこからともなく響き渡った。

「ピポン、パポン！」

それは、博士がいうところの『アホ丸出しの電子音』そのものだった。

再びビクリと背筋を伸ばす博士。慌てて周囲に電子音の発生源を探す。するとそんな彼の足許、L字形ソファの下から、なぜか「フゥーッ」と機嫌の悪い猫の唸り声のような音。だが小動物の声ではない。規則正しく響くこれは、間違いなくモーター音だ。

――ということは、あッ、まさか！

ようやく音の正体に思い至る博士。その足許に、それはゆっくりと姿を現した。モーター音を響かせながらソファの下から登場したのは、黒い円盤形の物体だ。その特徴的なフォルムを見た瞬間、三人の《容疑者》たちは、いっせいにその名を叫んだ。

「ル○○！」

「○ン○！」

「○○バ！」

いや、もはや製品名を隠す必要はないだろう。それはｉＲｏｂｏｔ社製の大ヒットお掃除ロボット『ルンバ』だった。充電用のプラットフォームがソファの下にあるらしい。電子音を奏でつつ、そこを発進したルンバは、これからこの部屋を自動でお掃除するのだ。

二宮朱美は顎に手をやりながら、「へえ」と興味深そうにその光景を見詰めている。しかし、やがて何事か閃いた様子で「あ、そっか」と綺麗に指をパチンと弾《はじ》くと、自らルンバに歩み寄り、その円盤形の本体中央にあるボタンを押した。たちまち静止する、お掃除ロボット。そして彼女はボタンを押した指先を、そのまま真っ直ぐ博士へと向けた。

「秋葉原博士、ひょっとして深沢新吉さんを殺した犯人は、あなたじゃありませんか？」

6．現場不在証明

図星を指されて愕然《がくぜん》とする秋葉原博士。そんな彼を前に二宮朱美は説明を始めた。

「あたしは探偵でもなんでもありませんから、難しい推理なんかできません。ですから、ただ単に判りやすい事実に基づいた、アリバイの有る無しの話をしますね。いいですか。まず、このルンバですが、これはたったいま午後七時の時報とともに動き出しました。どうやら午後七時にタイマーがセットされていて、その時刻がくると自動的にお掃除を開始する、そういう設定のようです。間違いありませんね」

「うむ、どうやら、そうらしい」と高橋欣造が頷いた。「午後七時というのは、掃除の時間としては少し変だが、まあ、スケジュールは人それぞれだからな」

欣造の言葉を聞き、博士はハッとなった。そういえば深沢は死の直前にいっていたではないか。午後七時から入浴タイムだと。おそらく深沢は自分が入浴する間にルンバが稼働するように、タイマーを毎日午後七時にセットしていたのだ。リビングの隣に寝室があるこの別荘では、就寝中にルンバを稼働させるよりも、入浴中のほうが良かったのだろう。

――しかし、まさか！　まさか、この部屋にもロボットがいたなんて！

悔しさのあまり拳を震わせる博士。それをよそに、二宮朱美は説明を続けた。

「次に問題なのは、床の上に小麦粉で描かれた白っぽい『大』の文字です。たぶんこの小麦粉は、犯人と被害者が争う中、床に撒かれたのでしょう。深沢さんが目潰《めつぶ》し攻撃として犯人に投げつけたのかもしれません。いずれにしても、小麦粉が床に撒かれたのは、深沢さんが床に倒れるよりも前。そのことは疑いようのない事実ですよね」

「確かに、そういう順序に違いないわ」と今度は高橋敏江が合いの手を入れる。

「では、なぜ死体の下敷きになった部分にだけ、小麦粉が残っているのか。もはや考えるまでもありませんよね。そう、これはルンバの仕業《しわざ》です。ルンバといえばセンサーで障害物を感知し、それを避けながらお掃除するロボット・クリーナー。そのルンバが昨夜の午後七時に運転を始め、死体の周囲の床を綺麗にお掃除し、そこに撒かれていたはずの小麦粉をすっかり除去してしまったのです。もちろん、床に転がった死体は障害物として避けて通ったのでしょう。結果として、死体のあった部分だけは小麦粉が残り、それが白っぽい『大』の文字になって現れた、というわけです」

「な、なるほど」と市川健太が感嘆の声をあげた。「大の字になった死体の脇や股の間、その隅々まで残さずお掃除するなんて、さすが最新のロボット・クリーナーだ！」

「ていうか、ロボットじゃなけりゃ、そんな場所、お掃除しないわね！」

若い二人の発言に苦笑いを浮かべながら、二宮朱美は再び説明に戻った。

「さて以上のことから、何が明らかになるか。それは深沢さんが床に転がった時刻は、昨日の午後七時よりも前だということです。まあ、午後七時に運転を始めたルンバが、真っ先に死体の周囲をお掃除するとは限りませんから、多少の誤差はあるでしょうが、それでもおおよそ午後七時には犯行は終わっていた。犯人もすでに逃走していた。そう考えるべきでしょう」

二宮朱美の言葉に一同の多くが頷いた。

「一方、深沢さんは昨日の夕方五時ごろ、高橋夫妻の別荘を訪れ、敏江さんと会話を交わしています。夕食の誘いにきたのです。あたしもその光景をこの目で見ました。つまり昨日の午後五時の時点では、深沢さんは確かに生きていた。これらのことを総合すると、被害者の死亡推定時刻は、昨日の午後五時から七時の間ということになるわけです」

「ご、午後五時から七時！」安藤栄作が歓喜に声を震わせた。「じゃあ、午後八時から十一時という、いままでの見立ては覆るってわけだ」

「そういうことになりますね。では昨日の午後五時から七時の二時間、みなさんはどこで何をしていたか。市川健太さん、桜井瑞穂さん、そして安藤栄作さんの三人は午後四時ごろからバーベキューを楽しんで、その後は室内で七時半まで珈琲を飲んでいたのだとか。つまり問題の二時間、三人はずっと一緒だった。それで間違いありませんね」

朱美の問い掛けに、当事者の三人がいっせいに頷いた。

「一方、昨日の夕方五時から七時でしたら、あたしと敏江さんは高橋家のキッチンで、来客用の夕食作りをしていました。対面式のキッチンですから、当然リビングの欣造さんの姿も丸見えです。あたしと高橋夫妻のアリバイも、認めていただけると思うのですが」

異議なし、というように、ひとりを除く全員が頷いた。二宮朱美は、そのたったひとりの人物のほうを向くと、あらためて彼だけに質問した。

「では最後に残った秋葉原博士、あなたは昨日の午後五時から七時の間、どこでなにをしていましたか？」

その問いを耳にして、博士の頭は一瞬真っ白になった。彼は昨日の午後八時以降のアリバイについては念入りに用意していたが、それ以前の時間帯については簡単な言い訳さえ考えてこなかったのだ。心の準備が追いつかない博士に、二宮朱美はさらなる追い討ちをかけるように質問を重ねた。

「いかがです、博士。昨日の午後五時から七時です。博士はその時間に、誰かと会いましたか。誰かと一緒に過ごしたりしましたか？」

「だ、誰かと一緒だったかって、そ、それは……」

激しいパニックに陥る博士。そんな彼の脳裏に突然、あのカクカクとした特徴のある声が蘇る。博士は思わずその名を口にした。

「ああ、一緒にいたとも。ロボ太だ。わたしはロボ太と一緒だった！」

その発言に一同はたちまちポカン。あたりには間の抜けた静寂が漂い、やがてそれはざわめきに変わった。「ロボ太!?」「ロボ太ですって？」「ロボ太って誰？」「ロボ太って、まさか」「まさか、ロボット」「嘘だろ」「いや、あり得る」「なんせ、博士は科学者だ……」

そんな中、二宮朱美はようやく腑に落ちたといった顔つきで、博士に尋ねた。

「昨日の午後八時ごろに、あたしたちが見た老人の姿。あれがロボ太なんですね」

「うッ……」自らの失策を思い知り、博士は強く唇を噛む。

こうして秋葉原博士の目論んだ完全犯罪は、完全なる失敗に終わったのだった。

7．ロボ太

翌日の昼、盆蔵山の同じ別荘地。『秋葉原研究所・別館』の一室には、大きなスパナを片手に奮闘する博士の姿があった。アリバイトリックのために利用し、そして証拠隠滅のために分解したロボットを、再び組み立てているのである。

その様子を興味深そうに見守るのは、烏賊川署のベテラン捜査官、砂川《すながわ》警部だ。彼を始めとする警察の一団が、除雪車とともに現場に到着したのは、この日の午前のことだった。

警部は目の前で徐々に形を成していく人型ロボットを眺めながら、あらためて博士に確認した。

「……するとなにかね、君は今回の事件について、自分の単独犯ではないと主張するのだね。自分に人殺しをやらせた奴がいると、そういいたいのだね」

「ええ、そうですとも。確かに深沢を殺したのはわたしですよ。それは認めます。だけど、殺人をそそのかしたのはロボ太なんです。彼が邪悪な発想をわたしに吹き込み、殺人へと誘《いざな》ったのです。本当は、わたしだって人殺しなんてするつもりはなかったんだ……」

「いや、しかしね、そのロボ太というのは、要するにロボットなんだろ？」

困惑の表情を浮かべる砂川警部。だが、秋葉原博士は断固として訴えた。

「ただのロボットじゃありません。ロボ太は邪悪な意思を持った特殊なロボットなんです。いま、その証拠をお見せしますからね。――よし、これで完成だ！」

博士は最後のボルトを締め終わると、スパナを床に放り捨てる。代わって手にしたのはロボ太のコントローラーだ。博士はその真ん中にある赤い起動ボタンを押して、自分のロボットに命じた。

「さあ、起きろ、ロボ太。そして事実を洗いざらい喋るんだ！」

すると猫背だったロボ太の背筋に、たちまち力が漲《みなぎ》った。砂川警部の口から「おおッ」という感嘆の声が飛び出す。その目の前で凛々《りり》しくぐっと顎を引き、直立不動の体勢をとる人型ロボット。顔の部分にある二つのカメラレンズが目玉のように飛び出す。それは確実に博士と警部の姿を捉えていた。覚醒したロボ太は二人に向かって挨拶した。

「ピポン、パポン！　ピピプペポパポ、パピプペポパポ……」

鳴り響いたのは、軽快かつ間抜けな電子音。瞬間、部屋全体に満ちる不穏な空気。

砂川警部は「ゴホン」とひとつ咳払いをしてから「ほう、このロボットが君に殺人をそそのかしたのかね……へえ、いったい何語で……？」

馬鹿にしたような口調で尋ねる砂川警部。どうやら博士のことを完全にイカれた科学者だと思い込んだらしい。その目は蔑《さげす》むような哀れむような、微妙な色を帯びている。
屈辱のあまりワナワナと肩を震わせる博士。
やがてその口から堪えきれずに絶叫が迸《ほとばし》る。
「ち、ち、ちくしょ――ッ、この裏切りロボットめぇぇ――ッ」
やり場のない怒りとともに、目の前のロボットを蹴り飛ばす秋葉原博士。
だが倒れたロボ太の口からは――「ピピプペポパポッ！　パピプペポパポッ！」
少しだけ怒ったような電子音が流れるばかりだった。

とある密室の始まりと終わり

1

老婦人の指先が呼び鈴のボタンに触れる。『塚田《つかだ》政彦《まさひこ》・広美《ひろみ》』という表札の掛かる古い玄関。その向こう側でピンポ～ンという間抜けな音が鳴り響く。だが反応はそれだけだ。返事をする者はおらず、扉が開かれることもない。玄関先には湿気をはらんだ夏の夜風が吹き抜けるばかりだった。

「あら、留守なのかしら」

白髪の老婦人、塚田京子《きょうこ》は続けて二度呼び鈴を鳴らすと、小さく首を傾《かし》げた。

焦げ茶色のシャツに紺のパンツ。ベージュのサマーカーディガンをお洒落《しゃれ》に着こなす姿は、年齢のわりに若々しい。背筋は定規を当てたように真《ま》っ直《す》ぐ伸びている。年齢相応に目尻のシワなども目立つが、若かりしころはかなりの美人だったと思われる顔立ちだ。

そんな塚田京子夫人は傍らに立つ背広姿の三十男を見やりながら、

「変ですねえ。普段ならこの時間、息子はもう家に戻っているはずなのに……」

と言い訳めいた言葉を口にする。

「実際、政彦氏はもう戻られているのでは?」といって背広姿の男、鵜飼杜夫《うかいもりお》は庭に面した大きなサッシ窓を指で示した。「だって、ほら、窓に明かりがあるじゃありませんか」

確かに彼のいうとおり、窓ガラス越しに暖かな明かりが見える。鵜飼は言葉を続けた。

「確か、奥さんの広美さんは親御さんの病気を見舞うため、実家に帰っているのですよね。だとすれば夫の政彦氏が中にいるとしか考えられない——ああ、そうだ、流平君《りゅうへい》」

といって鵜飼は傍らに控える若い男、戸村《とむら》流平に向かって一方的に指示を出した。

「君、コソ泥と間違われないように気をつけながら、ちょっとその窓を覗《のぞ》いてみてくれないか。まあ、君にとっては難しい仕事かもしれないが……」

そういって鵜飼は哀れむような目で流平の服装を眺める。黒地に赤い牡丹《ぼたん》が描かれたアロハシャツ。そして擦《す》り切れたようなジーンズだ。そんな流平は大袈裟《おおげさ》に頭を掻《か》きながら、

「えー、コソ泥と間違われないようにですかあ? 僕にできるかなあ……へヘッ」

冗談っぽくいうと、さっそく抜き足差し足でサッシ窓へと忍び寄った。透明なガラスに顔を近づけて、中を覗き込む。カーテンは引かれているが、合わせ目には若干の隙間《すきま》がある。片目を閉じて目を凝らすと、室内の様子はかなりハッキリと窺《うかが》えた。

「ふーん、どうやらリビングですねえ……」

大き目のソファにローテーブル。壁際に置かれた大画面テレビ。窓辺には観葉植物。部屋の片隅に置かれた扇風機は、誰もいないリビングの空気を無駄に掻き回している。

「誰もいないみたいですねえ。うーむ、いよいよこれはおかしいなあ……」

窓を覗きながら呟《つぶや》く流平。するとその足許《あしもと》に、なにやら茶色をした大きな塊《かたまり》が纏《まと》わりついてくる。その塊が突然「ウーッ、ワン！」と、ひと声大きく吠えた。次の瞬間、足首に電流のような刺激。「ぎゃ！」と短く叫んでから、流平は恐る恐る自分の足許を見やる。その視線の先、どこから現れたのか一匹の柴犬が彼の足首にガブリと噛み付いていた。

「…………」しばしの沈黙の後、「ぎゃあああぁぁぁッ」流平は盛大な悲鳴をあげた。

慌てた京子夫人が、「こら、やめなさい、ホタテ！」といって柴犬の狼藉《ろうぜき》をたしなめる。ホタテというのが、この柴犬の名前らしい。流平はこれほど凶暴なホタテを初めて見た。

鵜飼は腕組みしながら、ゆるゆると左右に首を振った。

「駄目だね、流平君。——君、完全にコソ泥と間違われてるぞ」

ここは関東の某県某所に確実に存在するといわれる《超犯罪多発都市》烏賊川《いかがわ》市。その寂れた繁華街から少し外れたあたりである。古い商店と真新しい住宅とが混在する雑然とした街並み。その一角にひっそりと建つのが塚田政彦、広美夫妻の自宅だった。

探偵事務所の所長である鵜飼杜夫と見習い探偵の戸村流平。二人は今回の依頼人である塚田京子夫人に導かれて、ここを訪れた。八月某日。時刻は午後八時を過ぎている。

塚田邸は平屋建ての小振りな一軒家だった。小さな門と手入れの行き届いた生垣。猫の額ほどの狭い庭では、本物の猫が一匹、暑さにぐったりしながら「ニャア」と鳴いていたが、まさか犬までいるとは気付かなかった。おかげで足を食べられてしまうところだったが、それでもなんとか事なきを得た流平は、逃げるようにサッシの窓辺を離れる。

「ああ、危なかった」

と胸を撫《な》で下ろしながら、あらためて玄関の扉に向かう流平。ドアノブを掴《つか》んで力いっぱい引いてみるが、扉はビクとも動かない。中から鍵が掛かっているらしい。

「駄目ですね。どうします、鵜飼さん？　諦《あきら》めて出直しますか」

そういって流平が振り向いた視線の先、鵜飼はホタテの首に両手を回しながら、

「よーし、よしよし、いい子だねえ、よーしよーし、ほらほら、よーし、よしよしよし、ほら、お手ッ、はい、お代わりッ、やあ、いい子だ、いい子だ、よーし、よしよし……」

と『ムツゴロウ王国』ごっこに興じていた。探偵は気に入った犬を見つけると、必ずこれをやりたがる。「――え？　なにかいったかい、流平君」

「出直しますかって、いったんですよ」犬なんか撫でてないで、ちゃんと聞いててくれ！

すると鵜飼は心底呆《あき》れた様子で両手を広げながら、

「おいおい流平君、君は二十世紀の探偵助手かい？　現代の私立探偵には携帯電話という最先端の通信手段があるじゃないか」

いうが早いか、探偵は背広のポケットから文字どおりの携帯電話を取り出すと、顔の前でそれをパカッと開く。流平は思わず唇を尖《とが》らせた。「それのどこが最先端の通信手段ですか。まあまあ古い携帯ですよね。鵜飼さん、スマホとか持ってないんですか？」

「え、スマホ？」まるで初めて聞く単語のように探偵が繰り返す。「スマホって……？」

「ス、スマートフォンですよ。え、まさか、知らないなんてことは……」

「ああ、君がいってるのはスマフォのことか」

鵜飼はようやく理解した態《てい》で頷《うなず》いた。「あれは通話に向かないだろ。だから僕はあまり好きじゃないんだよ、スマフォってやつは」

「そーですか」まあ、スマホでもスマフォでも、好きに呼んでもらって構いませんがね！

「そもそも僕にいわせれば、いまどきのスマートフォンよりも従来型の携帯のほうが、むしろスマートだ。そう思わないか、君？」そんなふうにうそぶく鵜飼はスマホでもスマフォでもない時代遅れの携帯を構えながら、「奥様、この家の電話番号など判《わか》りませんか」

「ええ、政彦さんの携帯番号なら、ここに」京子夫人はポケットから財布を取り出すと、そこに挟んであるメモの数字を読み上げた。「090－××－〇〇〇〇です」

「ふんふん、090っと……」

依頼人から教えられたナンバーに電話して待つこと数十秒。やがて落胆の溜め息をつくと、鵜飼は掌の中で携帯をパタンと閉じた。「駄目だ。やっぱり出ないな」

流平は真剣な表情を探偵へと向けた。「どうも嫌な予感がしますよ、鵜飼さん」

「うむ。君の懸念していることは判る」と頷いた鵜飼は慎重な口ぶりで続けた。「確かに気になる状況だが、異常事態と決めつけるのは早計だ。塚田政彦氏はコンビニにでも出かけているのかもしれない。あるいは寝室のベッドで仮眠中とも考えられる」

「それならリビングの扇風機は切るでしょう。だいいち、午後八時に寝ますか？」

「僕なら眠い時には寝る。午後八時でも午前十時でも好きな時間にな」と探偵はあまり一般的ではない暮らしぶりの一端を披露した。「しかしまあ、君のいうとおり、この時刻に寝ている可能性は低いか。――そうだ、奥様、この家に裏口はありませんか」

「いいえ、裏口などありませんけど。――ひょっとして、なにかマズイ状況なのでしょうか。まさか、この家の中で政彦さんに悪いことが起きているとか」

探偵たちの不安を察して、京子夫人が表情を曇らせる。鵜飼は作り笑顔で応じた。

「なに、心配はいりませんよ。でも念のために他の窓を調べさせていただいてもよろしいですか。鍵の掛かっていない窓があると助かるのですが」

「ええ、構いませんわ。人が通れるような窓は、そう多くはありませんが」

そういって京子夫人は自ら建物の角をぐるりと回り込む。鵜飼と流平も彼女の後に続いた。リビングの窓と同じようなサッシ窓がある。明かりのない窓から覗くと、中は和室のようだった。窓枠を引いてみるが、やはりビクともしない。流平は落胆の声を発した。

「駄目です。ここも中からクレセント錠が掛かっていますね」

「うむ、寝室の窓も駄目みたいだな」離れた別の窓を確かめていた鵜飼が肩を落とす。そして暗がりを指差しながら尋ねた。「奥様、この先にも窓が――？」

「そちらはキッチンやトイレ、それからお風呂場の窓があるばかりですわ。どれも小さな窓ですし、鉄の格子が掛かっていますから、そこから中に入ることはできません」

「そうですか」とガッカリした表情を浮かべる鵜飼。しかし、すぐさま顔を上げると「まあ、見るだけ見てみようじゃないか」といって流平とともに、また建物の角を回る。

そこには確かに夫人がいったような窓があった。鉄格子が掛かった小さなガラス窓だ。

さっそく流平が窓枠に指を掛ける。力を込めて引いてみると、窓枠は意外にアッサリと真横に動いた。鍵は掛かっていなかったらしい。中を覗き込んでみると、どうやらそこはダイニング・キッチンだ。明かりは点いていないが、隣のリビングから漏れてくる明かりのお陰で、室内の様子はある程度は見て取れた。

いちばん目立つのは大きなダイニング・テーブルだ。手前に見えるのがステンレスの流し台とガスコンロ。出しっぱなしになったまな板の上には血の付いた包丁があった。いや、包丁ではないな。あれは血の付いたナイフか——え、ナイフ!

「う、う、う、鵜飼さん!」

流平は声を震わせながら窓辺を離れる。代わって鵜飼が同じ窓を覗き込む。たちまち彼の横顔が険しくなり、その口許からは「ううむ、これは……」という呻《うめ》き声が漏れる。

流平は不安に唇を震わせた。「う、鵜飼さん、ひょ、ひょっとして……」

「うむ。まさに懸念していた事態が起こったのかもしれないな」

互いに苦い顔を見合わせる探偵とその助手。二人の様子を見やりながら、依頼人が目を見張って聞いてきた。「探偵さん、いったい窓の向こうになにが見えるんですの? まさか息子に……政彦さんの身になにか起こったんじゃないでしょうね!」

2

そもそも事の発端は、十日前に遡《さかのぼ》る。烏賊川市の駅裏にある雑居ビル『黎明《れいめい》ビル』。

その四階にある推理の殿堂『鵜飼杜夫探偵事務所』に、ひとりの老婦人が現れた。塚田京子と名乗るその女性は、出迎えた鵜飼杜夫と戸村流平に深々と一礼。そして深刻な顔で告げた。

「実は、こちらの探偵事務所に依頼したいことがあって参りました」

そう訴える京子夫人は七十歳。すでに夫とは死に別れて、現在はひとり身。相続した遺産をもとにして、市内のマンションで悠々自適の暮らしだという。そんな彼女が探偵に頼みたい仕事。それはひとり息子の塚田政彦と、その妻広美に関することだった。

夫人の話によれば、塚田政彦は四十歳。市役所に勤める公務員で、暮らしぶりは質素で堅実。夜遊びはせず、煙草も酒もギャンブルもいっさいやらない。趣味は野球観戦と名作映画と本格ミステリという超真面目人間だという。

一方、奥さんの広美は三十五歳で、これまた絵に描いたような平凡な主婦。律儀に家事をこなす一方、近所のスーパーでパートタイムのレジ打ちをやって家計を助ける良き妻だ。

夫婦の間に子供はないが、まずは円満な家庭である——と、ごく最近まで京子夫人は信じて疑わなかったらしい。ところが、「実はわたし……見てしまったんです……」

夫人がいきなり怖い顔で声を潜めるので、季節柄、幽霊でも見てしまったのだろうかと、流平は疑った。隣に座る鵜飼は依頼人の話を促すように、冷静な口調でいった。

「いったい、なにをご覧になったのですか、奥様」

「広美さんが息子以外の男性と一緒にいるところをです。それも、ただ一緒にいただけじゃありません。お洒落なカフェで平日の昼間にです。広美さんは普段は滅多に着ないような、ピンクのワンピース姿でした。化粧も普段より入念で、髪の毛はたったいま美容室にいったかのように綺麗にセットされていました。お陰でわたしは一瞬、それが広美さんだと気付かないほどでした」

「本当に広美さんだったんですか、その方？　よく似た別人という可能性は？」

「いいえ、それはありません。普段と印象が違うとはいえ、息子の嫁を見間違えることなど、あり得ません。あれは広美さんでした。彼女はパート勤務がない日に、男と会っていたのです。息子が市役所で懸命に働いているその時間にです。酷《ひど》いじゃありませんか」

「ふーむ、なるほど。しかし一緒にカフェでお茶するぐらいは、べつに目くじら立てるほどのことでもないのでは？　昔からの知り合いに、偶然、街で出くわしただけかもしれない。普段と違う綺麗な恰好をしていたのは、たまたまってこともあるでしょうし……」

「お洒落なカフェでお茶するのも、たまたまですか？　知り合いと昔話をするなら、そのへんにある安い珈琲《コーヒー》ショップで充分じゃありませんか」

「まあ、それは確かに」そういって鵜飼は苦笑いを浮かべた。

しかし、だからといって男友達とお洒落なカフェに入ってはならない、という理屈はないだろう。流平の感覚からすれば、京子夫人の疑念はいささか一方的すぎるように思えた。

しかし鵜飼は顔色ひとつ変えることなく、「それで奥様は、どうなさったのですか」

「わたしは慌てて席を立ちました。広美さんに気付かれないように、さりげなく慎重に。そのまま店を出て、わたしはようやく胸を撫で下ろしたというわけです」

「では、相手の男性のことは、あまりよくご覧にならなかった？」

「ええ、実はそうなんです」夫人は悔しげに唇を噛んだ。「いまとなっては、男の顔を見ずにその場を立ち去ったことが残念でなりません。いったい相手の男はどこの誰だったのか。しかし、わたしにはそれを捜す手段がないのです」

「広美さん本人を問い詰めたりは？」

「まさか。そんな真似《まね》できませんわ。それに問い詰めたところで、『はい、不倫相手はどこそこの誰々です』とおとなしく白状するとも思えませんしね」

「なるほど。では、あなたが僕に依頼したい仕事というのは要するに、広美さんの不倫相手の男性を捜し出すことですね。しかし捜してどうなるっていうんです？　息子さんの奥さんの不倫を証明したところで、いったい誰が得を？　息子さんだって、それを望んでいるとは限りませんよ。むしろ『余計な真似すんな、かーちゃん！』とブチ切れられるかも

「……」

「まあ、なにが余計な真似ですって！」

探偵の率直すぎる物言いに、京子夫人の両目が吊り上がった。「そもそも政彦さんは、わたしのことを『かーちゃん！』などとは呼びません。ちゃんと『お母さん』と呼びます。それに、怒ってブチ切れたりすることもありませんわ。あの子は必ずわたしの親心に感謝するはずです。わたしは息子のためを思って行動しているのですから。きっと、あの子もそのことを素直に理解してくれることでしょう」

本当だろうか、と流平は素直に疑った。家庭を持つ一人前の男が、このような親のおせっかいに対して素直に感謝するとは、ちょっと信じ難い話に思える。とはいえ、京子夫人はまあまあ裕福な暮らしみたいだし、そんな彼女の依頼をみすみす断る手はない。それでなくとも探偵事務所の財政状況は火の車。あれこれ仕事を選べる状況ではないのだ。

流平は鵜飼との間で短くアイ・コンタクトを交わす。互いに目と目で頷き合うと、あらためて鵜飼は依頼人に向き直った。「判りました。その仕事、お引き受けいたしましょう」

「ありがとうございます。ああ、ここまできた甲斐がありましたわ」

ホッとした笑みを浮かべる依頼人に、探偵はさっそく大事なものを要求した。

「ところで奥様、調査のために、お写真など貸していただけると助かるのですが……」

「ああ、そうですわね。ええ、もちろん用意して参りましたわ」

京子夫人はハンドバッグを掻き回すと、中から一枚の写真を取り出して、探偵たちの前に示した。両側から覗き込む鵜飼と流平。その写真の人物に愛情溢れる視線を注ぎながら、京子夫人は得意げに語った。「どうです、賢そうな顔でしょ。自慢の息子ですのよ」

確かに夫人のいうとおり、写真には賢そうな男性が写っていた。背広姿にネクタイを締めた中年男性だ。四角い輪郭に丸い鼻。切れ長の目は鋭く知性的。目許には目立つホクロがある。髪の毛は黒々としていてフサフサだ。けっして今風の二枚目という顔立ちではないが、お役所の事務机に向かう様子は容易に想像できる。だが、しかし――

「いえ、あの、奥様……」鵜飼は困惑気味に口を開いた。「政彦氏の写真ではなくて、広美さんの写真をいただけますか。たぶん、そちらを尾行することになるでしょうから」

「え、広美さん⁉　ああ、それもそうですわね。ごめんなさい」

親馬鹿な依頼人は恥ずかしそうに俯《うつむ》くと、あらためてバッグの中を掻き回すのだった。

3

「キッチンに血の付いたナイフが見えます。なにかあったのかもしれない――」

そのことだけを伝えて、鵜飼杜夫は再び塚田邸の玄関へと戻った。戸村流平と塚田京子夫人も探偵の後に続く。明かりの灯《とも》る窓の前に立つと、鵜飼は京子夫人に尋ねた。

「玄関の鍵はお持ちじゃないんですね。では、この窓ガラスを破って構いませんか。ひょっとすると事態は一刻を争うかもしれませんので」

「ええ、お任せいたしますわ」京子夫人は二度三度と頷いた。

鵜飼は狭い庭を見回して、スチール製の物置に目を留めた。そこに大きなスコップが立てかけてある。鵜飼はそれを手にすると、見習い探偵に再び困難なミッションを与えた。

「流平君、手荒な強盗犯と間違われないように気をつけながら、その窓ガラスを破壊してくれないか。なるべく静かに、そしてなるべくスマートにお願いしたいな」

「ええッ、そんな、どーしろっていうんですか……ああ、はいはい、判りました……ええ、やりますよ、やりますから……そんなに怖い顔で睨《にら》まないでくださいね……」

見習い探偵にとって、師匠からの命令は絶対なので逆らうことはできない。流平は鵜飼の手からスコップを受け取り、渋々とリビングの窓に向き直った。だが静かでスマートなガラスの割り方というものを、流平は学習したことがない。「こうかな……？」

手加減しながらスコップの先端をガラスに突き立てる。ガチャンと耳障《みみざわ》りな音がして、ガラスが砕けて落ちた。たちまち鵜飼が「シーッ、し・ず・か・に！」と唇に指を当てる。

「んなことといっても無理ですよ……」と小声で呟きながら、流平は二度三度とスコップを振るった。その姿はどう見ても他人の家に不法侵入を試みる手荒な強盗犯そのものだが、もはや気にしても仕方がない。流平はガラスに開いた大きな穴から右腕を突っ込み、クレセント錠を開ける。その隣では、すでに鵜飼が靴を半分脱いだ状態で待ち構えていた。

「まあいいだろう。さっそく中に入ってみよう。政彦氏の様子が気掛かりだ」

いうが早いか、鵜飼は開錠されたサッシ窓を開いた。「――では、お邪魔しますよ！」

宣言すると同時に、中へと一歩足を踏み入れる鵜飼。たちまち、その右足が床に散らばるガラス片を踏みしめてしまい、「んぎゃあぁ――ッ」と彼の口から悲鳴がほとばしる。

流平は唇に指を当てながら、「シーッ、し・ず・か・に！」

「…………」鵜飼は左足でケンケンしながら、右足を押さえていった。「……き、君、先に入りたまえ。ガラスに気をつけてな……」

仕方なく流平はガラス片を避けて塚田邸へと上がり込んだ。続いて京子夫人。足を痛めた鵜飼も最後に室内へと足を踏み入れる。すると、なぜだか柴犬のホタテまでもが開いた窓を通って室内へ飛び込んできた。すぐさま京子夫人が柴犬をたしなめて叫ぶ。

「あら、駄目じゃないの、ホタテ！」

しかしホタテは知らぬ顔。素早い動きでリビングを横切ると、半開きの引き戸をぐって、瞬く間にその姿を消した。思わず呆気《あっけ》にとられる流平。その傍らでは鵜飼が壊れたサッシ窓を慎重に閉め直して、再び中からクレセント錠を掛けていた。それから彼は窓に向かって何事かをおこなうと、「よし、これでいい。では、いこう」といって振り向いた。

三人はリビングを横切り、その奥にある半開きの引き戸へと向かった。どうやら、この引き戸の向こう側が問題のダイニング・キッチンらしい。塚田邸は若干造りが古いようで、リビングとダイニング・キッチンは別々になっているのだ。

流平は引き戸を全開にして中に足を踏み入れた。明かりの点いていないダイニングに人の気配はない。と、そのとき京子夫人が壁のスイッチをオンにする。天井の蛍光灯が灯り、部屋全体の様子が煌々《こうこう》とした明かりのもとに照らし出された。すると次の瞬間、

「うわああぁぁ！」

流平は目の前の光景に思わず悲鳴をあげて、その場で数センチほど飛び上がった。

窓から覗いたときには気付かなかったが、ダイニングの床の一部が赤く染まっていた。思わず硬直する流平。それをよそに鵜飼は赤く染まった床にしゃがみこむと、その液体を指先でひと撫でする。そして感情のこもらない声でいった。「――血だ」

京子夫人の声が恐怖に上擦《うわず》る。「そ、それはいったい誰の……？」

「いや、まだ判りません。しかし、かなりの量であることは間違いない」

流平は恐る恐る師匠の背後から床の様子を眺める。ダイニング・テーブルと流し台の間の狭い空間。そこに赤い水溜まりができていた。正確には血溜まりだ。よく見ると、その血溜まりからスタートして、なにかが引きずられたような痕跡が延びている。擦《こす》れてできた赤い線が、床を這《は》う蛇のように延々と続いているのだ。流平は依頼人に聞かれないように小声で尋ねた。

「鵜飼さん、ひょっとして、これって死体を引きずった跡では？」

「そうかもしれない。もっとも、まだ誰か死んだと決め付けることはできないが……」

鵜飼はそういうが、床に流れた血の量を見れば、被害者が瀕死の重傷か、それより酷い状態にあることは疑いようがない。流平は床に残る蛇のような痕跡を目で追った。それはダイニング・キッチンの片側にある開いた扉に向かって延びていた。

流平は赤い痕跡を追うようにして、その扉に歩み寄った。扉の向こうを覗くと、そこは板張りの長い廊下だ。その表面にも赤い線が延びている。それは玄関には向かわずに、それとは正反対の方向へと続いていた。いったいどこまで続いているのか。そう思った直後、

「――ワンッ、ワン！」

唐突に響き渡る犬の鳴き声。流平は背筋をビクリと震わせた。「ホタテだ！」

その鳴き声は廊下の突き当たりのほうから聞こえている。廊下に残る赤い痕跡も真っ直

ぐにそちらへと延びているようだ。どうやら探偵たちの地道な追跡よりも、柴犬の持つ動物的勘のほうが、先にゴール地点を探り当てたらしい。

流平と鵜飼は我先にと廊下の突き当たりを目指した。そこにあるのは木製の引き戸だ。それは犬一匹が通れる程度に開いていた。戸の向こうに明かりはない。構わず引き戸を全開にすると、暗くて狭い空間の中で、興奮気味に跳ね回る柴犬の姿があった。

「よーし、よしよし、ほらほら、いい子だねえ、よしよし……」

「ちょっと鵜飼さん！　もはやムツゴロウ氏の真似とかしてる場合じゃないでしょ！」

さすがの流平も業を煮やして叫ぶ。

「うむ、確かにいまは犬を可愛がってる場面ではないな」

いいながら鵜飼は壁際のスイッチを探し当てて、明かりを点けた。そこは脱衣所を兼ねた洗面所だった。洗面台の横にはドラム式の洗濯機がデンと置いてある。傍らの洗濯籠の中は色とりどりの洗濯物で一杯になっていた。ホタテはフローリングの床の上で跳ね回りながら、懸命になにかを訴えている様子。どうやら、その濡れた鼻は洗面所の奥にある扉を示しているらしい。曇りガラスの張られた扉は、おそらく浴室に通じているのだろう。洗面所の奥に寝室、という間取りはあり得ないだろうから、これは間違いない。

そんなことを考える流平の傍らで、鵜飼が洗面所の床を指差した。

「見たまえ、流平君。なにかを引きずったような血の跡は、この扉まで続いている」

「ええ、確かに、そのようですね……」流平は緊張した顔で頷いた。

ダイニングの血溜まり。異常な興奮を示すホタテ。そして血の痕跡。もはや扉の向こう側に、どのような異常な光景があったとしても驚けない状況だ。

流平は自ら扉のノブに手を掛けて、それを手前に引いた。薄く開いた扉の向こう側は、やはり浴室だった。タイル張りのやや古めかしい空間は、浴室というよりも風呂場という呼び方がしっくりくる。風呂場は洗面所から漏れる僅《わず》かな明かりの中で、何事もないように静まり返っていた。しかし本当に何事もないのか。よくよく目を凝らす流平の背後で、

「明かりは……ああ、ここか……」

といって鵜飼が扉の脇にあるスイッチを押す。瞬間、目の前が明るくなり、薄暗かった風呂場の光景が露《あらわ》になる。と同時に、流平の口から「あッ」という悲鳴が漏れた。

タイル張りの風呂場、その床や壁に描かれた真っ赤な模様が、いきなり目に飛び込んできた。血だ。風呂場に流れた鮮血が、狭い空間のそこかしこを赤く染めているのだ。

流平は「ムッ」と顔をしかめ、鵜飼は「ウッ」と呻き声をあげる。ホタテは「ワン」と鳴いて嬉しそうに尻尾《しっぽ》を振った。犬はこの状況にさほど恐怖を感じていないようだ。

あまりのことに風呂場の入口でよろける流平。その振動が伝わったのだろうか。入口付

近に立てかけられていた、とある物体が派手な金属音を立ててタイルの床に倒れた。

それはノコギリだった。ベッタリと血糊《ちのり》の付いた大きなノコギリ——

それを見るなり、鵜飼が湯船に向かって真っ直ぐ指を伸ばした。

「流平君、その湯船、蓋がしてあるだろ」

「え、ええ、そうですね……」確かに湯船の上には、三枚の板で蓋がしてある。

「その蓋、どかしてみてくれないか」

「え！」流平はゾッとして首をすくめた。「い、いや、それはまた次の機会にでも……」

「馬鹿か、君！　次の機会なんてない。——いいから、早くしたまえ。いやいや、じゃないだろ！」

正直、嫌で嫌で仕方がなかったが、師匠の言葉は絶対なので流平は逆らえない。滑りがちな床風呂場の傍らにあったスリッパを履き、血で汚れた床に足を踏み入れる。慎重な足取りで湯船の傍《そば》へ。間近で見ると、並んだ三枚の板にも若干の血の痕跡が見られた。ここに至って、流平は考えることを全部やめることにした。もはや一個の機械となって行動するのみ。そう、いまの自分は湯船の全自動蓋取りマシンなのだ。

「い、いきますよ、鵜飼さん——せーのッ！」

気合を入れた流平は、まさしく機械的な動きで「はいッ、はいッ、はいッ」と立て続けに三枚の蓋を湯船から取り上げて、そのまま壁際に立てかけた。たちまち湯船の中が丸見えになる。その光景を目にした瞬間、流平は「うわあ」と情けない悲鳴。後ろに飛び退《の》こうとしたところ、血糊で滑りやすくなった床の上で無様に転倒して大きく尻餅をついた。

「こ、こ、これは……」

湯船の中をこわごわと覗き込んで、流平が叫ぶ。

「バ、バラ、バラバ、バラバラバラ死体！」

「バラが多すぎるぞ、流平君」鵜飼は冷静に言い直した。「これはバラバラ死体だ」

確かに鵜飼のいうとおり、水の張られた湯船の中に浮かぶのは、正真正銘のバラバラ死体。それも男性のものだ。太い脚や逞《たくま》しい腕などが、奇妙なオブジェのごとく真っ赤な水面に浮いている。大きな胴体の胸の部分には、複数箇所に刺し傷が見られた。どうやら死体は六分割されているらしい。二本の脚と二本の腕、一個の胴体。そして最後に残るパーツを見やった瞬間――

「あッ、こ、この顔は！」

流平は思わずギョッとなった。四角い輪郭に丸い鼻。黒々とした髪の毛は水に濡れて額に張り付いている。閉じられた目許には目立つホクロがあった。――塚田政彦だ！

と、そのとき風呂場の入口付近で、絹を裂くような女性の悲鳴。振り向くと、遅れて洗面所に現れた京子夫人の姿。その大きく見開かれた両目は、湯船の中の男性の首へと真っ直ぐ向けられている。夫人は唇を震わせて、最愛の息子の名を呼んだ。

「ま、政彦さん！　ああ、政彦さん、なぜこんなことに……」

湯船に駆け寄ろうとする依頼人。それを探偵がすんでのところで押し留めた。

「いけません、奥様！　見ないほうがいい」

鵜飼は京子夫人を両手で抱きとめる。彼の腕の中、夫人は白髪を振り乱しながら、

「誰が政彦さんをこんな目に……広美さんなの？　彼女が政彦さんを……？」

「いや、女性の手では不可能な犯行かと……」

「じゃあ誰なのよ。ああ、そうだわ！　あの男ね。あの富沢芳樹《とみざわよしき》とかいう男。彼が息子にこんな仕打ちを……許せない！　絶対に許せないわ……」

息子を失った悲しみが耐え難かったのだろう。我を忘れて絶叫を繰り返す京子夫人。そうして、ひとしきり嘆きの声を響かせたかと思うと一転、今度は急に全身の力が抜けたかのごとく床にくずおれていく。どうやら依頼人はショックで気を失ったようだった。

4

富沢芳樹。その名が探偵の口から依頼人に告げられたのは、ほんの数時間前のことだ。

場所は塚田邸から程近いマンションの一室。そこに住む京子夫人のもとを、鵜飼杜夫と戸村流平が訪れた。十日前に依頼された浮気調査の結果を報告するためである。

リビングのテーブルを挟んで、向かい合って座る依頼人と探偵たち。やがて鵜飼が厳かな口調で切り出した。「ご依頼のとおり、この十日間ほど塚田広美さんに張り付いて、彼女の交友関係を調べました。結論から申しますと、広美さんはある男性と深い仲だといわざるを得ません。相手の男性の名前は富沢芳樹。三十五歳、独身。広美さんの大学時代の同級生で、現在は市内の繁華街でバーを経営している男です。まあ、あまり流行《はや》ってる店ではないようですが……」

といって鵜飼は富沢芳樹と塚田広美が深い関係であることを示す資料——端的にいうと、二人が烏賊川市内のいかがわしいホテルに出入りする写真——を依頼人の前に示した。

そしてさらに探偵は、この決定的な瞬間を撮影するために、自分たちがどれほどの忍耐と努力を積み重ねてきたかという経緯——要するに大袈裟な苦労話を延々と続けたのだが、べつに中身のある話ではないので、依頼人は途中からまるで聞いていない様子だった。

「そうですか。それは大変でしたね」

京子夫人は鵜飼の無駄話をバッサリ断ち切るように頷いた。

全然聞いていなかったくせに——と心の中で呟きながら、流平は京子夫人を見やる。

夫人はテーブルに置かれた数枚の写真を食い入るように見詰めていた。そこに写る富沢芳樹は黒いシャツに白いデニムパンツ。中肉中背の均整の取れた身体《からだ》つきだ。顔立ちは精悍《せいかん》な印象。尖った顎《あご》と高い鼻が塚田政彦とは好対照に映る。涼しげな目許といい、引き締まった口許といい、まずは立派なイケメン男性と呼んで構わないだろう。

京子夫人は数枚の写真を手の中でひとつにまとめると、「とにかく、ご苦労様でした。お二人の活躍に感謝いたしますわ」といって探偵たちの労をねぎらった。

こうして、ひと通りの仕事を終えた鵜飼は「ところで、奥様」と、あらためて依頼人の顔を覗き込むようにして尋ねた。「差し出がましいことをいうようですが、これらの写真を手に入れて、これからどうなさる気ですか。息子さん夫婦に『あなたたち、別れてしまいなさい！』とでも助言なさるおつもりで？　しかし、そんなことして大丈夫ですかねえ。おそらく、かなりの確率で修羅場になりますよ、うふッ」

なに期待してるんですか、鵜飼さん！　不謹慎な探偵を、流平は横目で睨んだ。

そんな二人の前で、京子夫人は不安げな表情を浮かべながら口を開いた。

「確かに探偵さんのいうとおりかもしれません。しかし見過ごすわけにはいかないのです。というのも実は数日前に息子の口から、気になることを聞いてしまったものですから」

「はあ、気になることといいますと？」

「聞いた話では、息子夫婦はつい最近、新しい保険に加入したらしいんです。それがどうやら、お互いを受取人にした五千万円の生命保険なのだとか……」

「ほう、五千万円！」鵜飼は驚嘆の声をあげた。「まあ、夫婦なのだから一緒に保険に入ることはあるでしょう。お互いを受取人にすることも不自然ではない。しかし、わざわざこのタイミングで、というのは確かに気に掛かる。――奥様、その保険に入るように最初に言い出したのは、どちらなんですか。政彦氏？　それとも広美さんのほう？」

「広美さんです。ええ、息子がハッキリそういっていましたから間違いありませんわ」

そう断言する京子夫人が、なにを心配しているかは明らかだった。彼女は自分の溺愛する息子が、保険金殺人の餌食《えじき》になるのではないかと、悪い想像を巡らせているのだ。

しかし保険に入ったからといって、それがすぐさま保険金殺人に結びつくことなど、通常はあり得ない。本来なら一笑に付して「考えすぎですよ、奥様」と依頼人の肩を叩くべき場面だろう。

だが、そのとき流平の脳裏には、笑い事では済まされない、とある場面が鮮明に蘇《よみがえ》っていた。

「鵜飼さん、まさかとは思いますが、例の件……」流平が小声で訴えると、

「うむ、僕もいま同じことを考えていたよ」鵜飼もまた、いつになく深刻な顔で頷いた。

それは三日前の出来事だ。当時、まだ浮気の確証を掴みきれていなかった鵜飼と流平は、塚田広美の尾行を地道に続けていた。そんなとき広美が出かけた先で、ふらりと一軒の金物屋に立ち寄ったことがあった。さっそく流平は通りすがりの一般客として、同じ金物屋へと潜入。鍋やヤカンやフライ返しにメチャクチャ興味がある変わった青年の役回りを演じながら、流平は密《ひそ》かに広美の様子を窺った。その視線の先で、彼女はとある物を手に取って真っ直ぐレジへと向かう。レジには年配の男性がいて、なんら気にすることなく彼女からお金を受け取り、その商品を包んで手渡した。

一連の光景を見ながら、流平は首を捻《ひね》らずにはいられなかった。

広美が金物屋で購入した商品。それは一般家庭で用いるには、やや大きすぎるのではないかと思われるようなノコギリだったのだ。

広美が購入した大きなノコギリ。そして政彦氏が最近加入したという生命保険。二つの

事実を強引に結びつけるなら、それの意味するところは不吉なものにならざるを得ない。

鵜飼の脳裏にも当然その可能性が浮かび上がっているはずだ。だが彼は敢えて、そのことを京子夫人に伝えようとはしなかった。それは探偵にとって、『いたずらに依頼人の不安をあおるべきではない』という信念によるものだったのかもしれないし、あるいは『広美の購入したノコギリが単に庭木を切り倒すための道具だった場合、赤っ恥をかく恐れがあるから、それだけは避けよう』という彼なりの自己保身だったのかもしれない。

いずれにしても依頼人を前にしたこの場面、鵜飼はノコギリの「ノ」の字すら口にすることはなかった。その代わり、彼は何食わぬ顔で京子夫人に質問を投げた。

「奥様は、この写真をまず政彦氏に見せるつもりですか。それとも広美さんに？」

「まずは息子に見せようと思います。それなら修羅場にはなりませんものね」

「それは、いつ？　なるべく早いほうが良いように思えるのですが」

「ええ、わたしもそう思っています。なんなら、これからすぐにでも。――というのは、広美さんは病気の親御さんに呼ばれて、昨日から実家に戻っているのです」

「では今夜、政彦氏は自宅でひとりなのですね。――ふうむ、それは都合がいい」

この場合、『都合がいい』のは保険金殺人を目論《もくろ》む悪党にとってだろう。

もちろん、それを阻止しようとする探偵にとっても、興味深いシチュエーションであることは間違いない。

「ならば奥様」と鵜飼は前のめりになって訴えた。「僕らも奥様にご同行させてもらって構いませんか。僕らの口から政彦氏に伝えたいこともありますので」

探偵の申し出は唐突なものだったが、京子夫人は嫌な顔はしなかった。むしろホッとしたような表情を浮かべながら、

「まあ、探偵さんたちに付き添っていただけるのなら、むしろ心強いですわ。実の息子とはいえ、よその夫婦の秘密を暴くのは気が引けますものね」

「そういっていただけると有難い。――では、さっそく参りましょう」

こうして鵜飼と流平は京子夫人とともに、彼女のマンションを飛び出した。今宵、塚田邸にひとりでいるはずの政彦に会うため。そして彼の身に危険が迫っているかもしれない、ということを政彦本人に直接訴えるためにだ。しかし、そうはいいながら――

この時点で、流平はまだまだ安心していた。まさかこの直後、本当に切断された腕や脚、あるいは生首などを目の当《ま》たりにすることなど、彼は夢にも思っていなかったのだ。

5

　鵜飼と流平は気絶した京子夫人を抱えて、いったんリビングへと戻った。ぐったりとなった夫人の身体をソファに横たえてやり、ようやくひと息つく。それから二人はすぐにまた問題の風呂場へと引き返した。湯船の中には何度見ても顔を背けたくなるような、むごたらしい光景があった。ごく普通サイズの湯船。赤く染まった水面いっぱいに腕やら顔やら脚やら胴体やらが、ぎゅうぎゅうにひしめいている。凄惨な光景から目を逸《そ》らすようにして、流平は彼の師匠を見やった。

「どうしますか、鵜飼さん。これはどう見ても殺人事件ですよね。京子夫人がいったように、犯人は富沢芳樹に違いない。死体を切断したのも彼。ノコギリを購入した広美は、たぶん共犯でしょう。まさしく保険金目当ての典型的なバラバラ殺人事件です」

「うむ、それは僕もそう思う」

「では、さっそく警察に通報を……」

「いや、ちょっと待ちたまえ、流平君」

　鵜飼は慎重に流平を押し留めた。「どうも、ひとつだけ気掛かりな点がある。よく考えてみよう。僕らは京子夫人とともに、この塚田邸を訪れた。呼び鈴を鳴らしたが反応はなかった。玄関には鍵が掛かっていて、リビングの窓には明かりがあった。僕らは他の窓を探したが、人が入れそうな窓はなかった。キッチンの窓から中を覗くと、そこに血の付いたナイフが転がっていた。そこで僕らは急遽《きゅうきょ》リビングの窓ガラスを壊して、なんとか室内へと足を踏み入れた。いいかい。僕らが自由に通れる窓や扉は、この家のどこにもなかったんだよ。じゃあ、政彦氏を殺害した犯人――それが富沢芳樹だとして――彼は、いったいどこから逃走したんだ？」

「そ、それは、ええと……」流平は一瞬考え込み、そしてパチンと手を叩《たた》いた。「そうだ。広美と共犯関係にある富沢は彼女から合鍵を渡されていた。それを使って自由に玄関から出入りできた。そういうことなんじゃありませんか」

「なるほど。実に流平君らしい平凡な考えだ。あくびが出るぞ」

鵜飼は大きく口を開けて「ふあぁ～」とあくびのポーズ。流平はムッとして言い返した。

「平凡で悪かったですね。だって、それしか考えようがないじゃありませんか」

「判った。いちおう確認してみよう。――ああ、その前に流平君、湯船に蓋をしておいてくれ。京子夫人に見られないように。それにホタテが死体に悪戯《いたずら》するとマズイからね」

「だったら、さっさとホタテを外に追い出せばいいじゃないですか」

そもそも殺人現場を犬がうろちょろしていること自体、おかしいのだ。流平はそう思ったが、鵜飼は意に介さない様子で、また柴犬の頭を撫でている。流平は溜め息をつきながら、三枚の板で再び湯船に蓋をした。「さあ、これでいいですね」

「うむ、では、いこうか」鵜飼は洗面所を出ると、塚田邸の玄関へと向かった。

だが玄関の扉をひと目見た瞬間、彼は舌打ちして叫んだ。「ちッ、駄目だぞ、流平君。この扉にはチェーンロックが掛かっている。たとえ富沢が合鍵を持っていたとしても、扉の外からチェーンロックは掛けられないだろう。犯人の逃走経路は、この玄関じゃない」

「うーん、そうみたいですねえ。だとすると、やっぱり窓なのかな……」

「窓にも中からクレセント錠が掛かっていた。鍵の掛かっていない窓があったとしても、その窓には鉄の格子が掛かっていて人は通れない。京子夫人はそういっていた」

「なるほど、そうですか」頷いた流平は、すぐさま首を振った。「いや、待ってくださいよ。鉄格子もクレセント錠も掛かっていない窓が、ひとつだけあったはずです」

「へえ、あったかな、そんな窓が？」とぼけるような口調で鵜飼が尋ねる。

「ええ、最初はなかったですけど、いまは一個だけありますよね」

そういって流平は廊下を進むと、先ほどのリビングへと舞い戻った。ソファの上には気を失った京子夫人が横たわっている。流平は庭に面した大きなサッシ窓を指差した。

「ほら、あの窓です。僕らがガラスを壊して入ったサッシ窓。おそらく犯人はあの窓から逃走したんでしょう。僕らが風呂場で死体を見つけて大騒ぎをしている、その隙に――」

「なるほど。つまり僕らがこの窓を壊してリビングに入った時点では、まだ犯人はこの建物の中にいたということか。その犯人は和室かどこかで息を潜めていた。そして隙を見て、この窓を開けて外へ。そして再び窓を閉め直して逃走した。そういうわけだ」

「ええ、そういうことです。どうです、これでもあくびがでますか？」

「いや、まあまあだな。悪くない考えだ」鵜飼はニヤリと笑った。「実は僕も君とまったく同じ可能性を考えていたんだよ。この部屋に最初に足を踏み入れた、その時点でね」

「最初に足を踏み入れた時点で？」

「そう。そこで僕は用心のためと思って、この窓枠にちょっとした細工をしておいたんだ。なに、細工といっても大袈裟なことじゃない。ただ、ぴったり閉じた二枚のサッシ窓の隙間に、丸めたティッシュを挟んでおいたのさ。そうしておけば、誰かがこっそりサッシ窓から出ていった場合、すぐにそれと判るだろ。挟んだティッシュがそのままならば、誰も窓を開け閉めしていない。逆にティッシュが落ちていれば、誰かが開け閉めしたというサインってわけだ。――さてと、それじゃあ、さっそく確認してみようじゃないか」

そういって鵜飼は壊れたガラス窓へと歩み寄る。そしてピッタリと閉じられた二枚のサッシ窓の合わせ目を指で示した。クレセント錠の遥か上のあたり、サッシの窓枠と窓枠の間に、小さな白い物体が挟まっている。丸めたティッシュペーパーだ。

それを見るなり、流平は思わず「うーん」と呻き声をあげた。ティッシュは挟まったまま落ちていない。すなわち、この窓を開け閉めして出ていった者はいないということが、これで証明されたわけだ。「――にしても鵜飼さん、なんて余計なことしてくれたんですか。これじゃあ、まるでこの建物全体が密室みたいじゃないですか」

「余計なこととは失敬だな、君。どう考えたってファインプレーだろ」

鵜飼は不満げに口許を歪《ゆが》めながら続けた。「それに『密室みたい』じゃないだろ。もう、こうなったら間違いない。この塚田邸は正真正銘の『密室』だったんだ。つまりこれは不可能犯罪ってことさ」

宣言するようにいうと、鵜飼はどこか愉快げにニヤリと笑みを浮かべた。

6

その後しばらくの間、鵜飼と流平は塚田邸のすべての部屋をざっと見て回った。ひょっとしてなにか見落としがないか、と考えたためである。その結果、確認されたことは、やはりこの塚田邸全体が密室であるという事実のみだった。リビングにも和室にも寝室にも異状はなかった。人の通れる窓という窓は、すべて内側から施錠されている。鍵の掛かっていない小窓もいくつかあったが、それらはすべて鉄の格子が掛かっていて、人は通れない。その点は、京子夫人のいったとおりだった。もちろん、まだ逃走していない犯人が、ベッドの下や押入れに息を殺して潜んでいるという可能性も考慮して、探偵たちは慎重にそれらの場所を見て回った。だが隠れている誰かを発見することは、やはりできなかった。

仕方なく探偵たちは再び洗面所へと舞い戻った。風呂場を覗くと、湯船の蓋の上では柴犬ホタテが長々と寝そべっている。妙にのどかに映る風呂場の光景を眺めながら、鵜飼はいよいよ険しい顔になって口を開いた。

「それにしてもマズイことになったな、流平君。これじゃあ、僕らは迂闊《うかつ》に警察を呼べないぞ。ウッカリ事実を伝えれば、あの砂川《すながわ》警部のことだ、きっと僕らのことを真っ先に疑うに違いない。実際、僕らが犯人ならば、密室の謎などは関係なくなるわけだし……」

「ええ、なにせ僕らは第一発見者ですからねえ」流平は溜め息混じりに呟いた。

砂川警部は烏賊川署の名物刑事で、隙あらば鵜飼探偵のことを逮捕したいと本気で考えているような御仁《ごじん》である。確かに、あの警部がいまの状況を見れば、まずは鵜飼たちのことを第一の容疑者として扱うに違いない。

「じゃあ、どうしますか、鵜飼さん。いっそ警察には嘘ついちゃいます？　僕らがこの家を訪れたとき、玄関も窓も鍵なんて全然掛かっていませんでした――って。そういうことにしてしまえば、少なくとも僕らが疑われる理由はなくなりますけど」

「確かにね。だけど、なにも疚《やま》しいところがないのに嘘をつくなんて、どうも釈然としないな。それに、この密室には奇妙なところがある。君も気付いているはずだが――」

「え、ええ、もちろん気付いていますが」――え、なんだっけ⁉　奇妙なところって⁉

余裕のポーズとは裏腹に、内心で首を傾げる流平。その目の前で鵜飼がズバリといった。

「そう、それは被害者の死体がバラバラに解体されている、ということだ。しかも、その死体は湯船の中に放置されている。これは実に変じゃないか。本来、バラバラ殺人というものは、死体を遺棄するためにおこなうものだろう。なにしろ死体というものは重くて大きくて運びにくい。だから小さく分解して運び出す。それがバラバラ殺人というものだ。だが、この犯人は政彦氏を殺害した後、その死体を解体しただけで運び出していない。これはいったい、どういうことなのか……」

「これから運び出すつもりだった。つまり、いまの状態は犯人にとってまだ途中経過なんじゃありませんか。これから運び出そうとする寸前に、僕らがそれを発見してしまった」

「ふむ。しかし犯行の途中なら、犯人はこの場所にいなければおかしいのでは？」

「そうとも限りませんよ。殺人犯だって、犯行の途中でお腹《なか》がすくのかも……」

「おいおい、死体をバラバラにしたところで作業は一時中断。犯人は晩飯を食いに出かけたってのかい？　うーむ、それが事実なら前代未聞の猟奇殺人だが——しかし、たとえそうだとしても、結局は密室の謎が立ちはだかることになるな。どんなに変わり者の殺人犯だとしても、晩飯を食いに出かけるために、わざわざ密室をこしらえたりはしないだろ」

「まあ、それもそうですね」流平はアッサリ頷いて自説を引っ込めた。

洗面所に深い沈黙が舞い降りる。重苦しい雰囲気を察したのか、柴犬ホタテも俯いたままウンともワンともいわない。そんな中、鵜飼は腕組みしながら風呂場の様子を眺めた。

「密室の謎とバラバラ死体の謎。二つはどこかで結びついているのかもしれない。密室とバラバラ死体か……」呟く鵜飼の視線がそのとき、ある一点で止まった。「ん、待てよ」

鵜飼は再び風呂場に足を踏み入れると、いちばん奥にある窓へと歩み寄った。それは狭い風呂場にある唯一の窓だ。サッシの腰高窓で幅は一メートル程度か。鵜飼は窓枠に手を掛けて、それを真横に引いた。クレセント錠は掛かっていない。窓は滑らかに真横に開いた。だが窓の向こう側は、例によって鉄の格子が掛かっている。鵜飼はその鉄格子を両手で摑むと、「助けてくれ〜俺は無実だ〜」と昭和の小学生が必ずやったお約束のギャグを披露してから一転、真面目な顔で見習い探偵のほうを向いた。「——おい、流平君！」

「嫌ですよ。僕はそんな寒いギャグやりませんからね。なんか不謹慎だし――」

「誰もそんなくだらないことをやれなんて、いってないだろ！」

「くだらないって認識があるなら、やらないでくださいよね！」

「まあ、そんなことは、この際どうだっていい」鵜飼は問題の窓を指差すと、あらためて真剣な様子で訴えた。「見たまえ、流平君、この窓を。鉄の格子が掛かっているだろ。そしてこの格子は、棒と棒の間隔がやや広いと思うんだ」

「やや広い⁉」流平は風呂場に足を踏み入れて、間近で窓の格子を確認した。確かに鉄格子の間隔は広めだ。ざっと二十センチ前後だろうか。「しかし、だからといって、この棒と棒の間をくぐって犯人が出入りするのは、さすがに不可能ですよ。犯人が小学生の子供っていうのなら、まだ判りますが、今回の場合、犯人はおそらく富沢芳樹に間違いない。彼は立派な成人男性なんですから」

「ああ、判っている。もちろん富沢芳樹がここを通り抜けたとは、僕も思わない。だったら逆に、政彦氏のほうならどうだろうか」

「政彦氏のほうって――え、つまり？」

「バラバラに切断された死体だ。腕や脚なら余裕でこの隙間を通ると思うんだが」

「そ、それはまあ、そうでしょうね。切断された状態なら……」

「頭部もなんとか、通り抜けられそうな気がする」

「それは、どうでしょうか。頭って結構、幅があるから。それに、どっちみち胴体は無理でしょ？」

「いや、判らないよ。胴体ってのは頭とは逆に、意外と幅がないものだ。正面から見れば、立派な肩幅をした男性だって、横から見れば結構、胸板が薄かったりするからね。力を込めてぎゅうぎゅう押し込むようにすれば、格子の隙間を通せたのかもしれない」

「嘘でしょ！」流平の声が思わず裏返る。「じゃあ、犯人はこの密室状態の風呂場に外から死体を押し込んだっていうんですか。そのために死体を切り刻んだと……」

「そう。押し込まれた死体は、窓の下にある湯船に落下して、水面にプカプカ浮かんだ」

「む、無理ですよ。だって僕らが死体を発見したとき、湯船には三枚の板で蓋がしてあったんですよ。死体はその蓋がされた湯船の中にあった。これはどう考えるんです？」

「例えば窓の外から竹ざおかなにか差し込んで、三枚の板を操作したのかも。時間を掛けさえすれば、できない話じゃない。仮にできなかったなら蓋は諦めればいいのだし」

「ああ、それもそうか……」確かに湯船に蓋をするという行為は、今回の密室殺人事件の中で絶対に必要な要素というわけではない。『できなかったなら諦めればいい』という鵜飼の説には、ある種の説得力がある。いや、しかし、まさか——

いまだ信じられない思いの流平はブンと首を振った。「やっぱり無理じゃないですかねえ。腕や脚はともかく、頭や胴体を無理やり格子の隙間から押し込むというのは……」

「無理かどうかは、やってみれば判る。さっそく実験してみよう」いうが早いか、鵜飼自身はなにもせず、ただ流平に命令した。「君、湯船の蓋をもう一度開けてみてくれ」

「………」蓋の開け閉めは、絶対、僕の仕事なんですね！

師匠に対して不満げな視線を向けながら、流平は蓋の上から柴犬を追い払い、蓋に手を掛けた。蓋の下に隠れているバラバラ死体のことを思うと気が進まないが、いまさら逃げるわけにはいかない。流平は再び全自動蓋取りマシンと化して、「はいッ、はいッ、はいッ」とリズム良く三枚の板を取り除いていった。

手で口許を押さえながら、あらためて湯船の中を見やる。何度見ても見慣れるということのない凄惨な光景に、背筋がゾッと寒くなる。そんな流平に、鵜飼が再び命じた。

「それじゃあ、流平君、その首を持ち上げて、そちらの窓へ――」

「な、な、なにいってんですか！　首って、こ、この生首をですか！」

「他にあるまい。君の首で実験したって意味ないのだから。さあ、早く！」

「ううッ……」流平の口から呻き声が漏れる。だが見習い探偵にとって師匠の命令は絶対だ。流平は恐る恐る両手を湯船へと伸ばしていった。「く、く、くぅーッ……」

真っ赤に染まる水面。そこに浮かぶ腕や脚。その間に垣間見える政彦氏の頭部。流平は目を逸らすようにしながら、その頭の両側、耳のあたりを両手で挟むようにして摑んだ。ぐっと両腕に力を込めて、真上に持ち上げようと試みる。だが人間の頭部というものは、意外に重いものだと聞く。実際、持ち上げようとすると、それは想像以上の重さだった。

「ふんッ……」流平は気合を入れると、さらに両腕に力を漲《みなぎ》らせた。「……それえッ」

渾身の力を込めると、ようやく政彦氏の頭部は赤い水面から持ち上がった。だが持ち上がったのは頭部だけではなかった。頭から首、そして胴体、二本の腕と二本の脚。各パーツがすべて揃った立派な成人男性がザッバァ――ッという激しい水音を立てながら、真っ赤に染まった水面から突然その姿を現した。

「…………………」

瞬間、風呂場の時が止まったように思えた。「え……ええ……？」

流平は男の頭部を両手で摑んだまま絶句。それから目の前に立つ男の頭のてっぺんからTシャツを着た胴体、短パンから伸びる両脚までを、ひと通りその目で確認した。

バラバラ死体ではない。それどころか死体ですらない。そのことに愕然《がくぜん》とする流平の正面で突然、政彦の両目がパチリと開く。怒気をはらんだ二つの眸《ひとみ》が、真っ直ぐ流平を睨み付けていた。

「わッ、わッ、わーッ！」と流平は驚愕の絶叫を漏らした。

「ワン、ワン、ワーン！」とホタテも三度鳴き声をあげた。

流平とホタテは風呂場のタイルの上で仲良く揃って転倒した。

そんな中、鵜飼は突然現れた男性を前にしながら、ひとり平然とした顔。軽く右手を挙げると、余裕の挨拶を交わした。「やあ、これは塚田政彦さん。なんだ、生きていらっしゃったんですね。てっきり亡くなったものだとばかり思っていましたよ――」

人を喰ったような探偵の振る舞いを前にして、政彦はなぜか怒りの表情。腹の底から絞り出すような声で叫んでいった。「あ、ああ、生きていたさ！　生きていたとも！」

訳が判らない流平はタイルの床に立ち上がると、「なんで、なんで？」と叫びながら鵜飼の背後に身を隠す。そして湯船の中に立つ四角い顔の男性を指差した。「なんで死んだはずの政彦氏が生きてるんですか？　え、じゃあ、切断された死体は誰？　え、なに、これって、いったいどーいうことなんですかあ！」

「ええい、うるさい、黙れ！」

突然、ブチ切れた様子で政彦が叫ぶ。そして彼は右手をブンと振って、手にしていたボール状の物体を投げつけた。それを鵜飼がヒョイと避ける。投げられた物体は一直線に流平のもとへと飛んできて、彼の顔面にものの見事に激突した。「――ぶふぁッ！」

額に走る激痛。風呂場に響くブタのような悲鳴。流平は洗面所まで吹っ飛ばされて、床の上にバッタリと倒れこむ。ボール状の物体は床をコロコロ転がって、流平の顔の前でピタリと静止した。

瞬間、彼の口から再び激しい絶叫が漏れた。「ぎゃあぁぁぁ――ッ」

ボール状の物体は生首。人間の生首だった。しかも流平はその顔に見覚えがあった。尖った顎に高い鼻が印象的な、かつてのイケメン男。それは富沢芳樹の生首だった。

7

その後、なにがどうなったのか、戸村流平はまるで記憶がない。気が付けば、彼は白い部屋の白いベッドの上にいた。

どうやらここは病院の一室らしい。しかし、いったいなぜ？

訳が判らないまま身体を起こすと、ベッドの傍らには椅子に座った鵜飼の姿。彼は流平を見やりながら、「おや、やっとお目覚めかい」といってニヤリとした笑みを浮かべた。

「あれ、なんで鵜飼さんが病院に？」流平はキョトンとして聞く。

「なにいってんだ」と鵜飼は小さく肩をすくめた。「病院に運び込まれたのは君だろ。僕は単なる付き添いさ。どうだい、額が痛むだろ。無理もない。君は例の風呂場で強烈な頭突きを喰らって転倒。悲鳴をあげて、そのまま意識を失ったんだ。もっとも君に頭突きを見舞ったのは、富沢芳樹の生首だったわけだが。——いや、相手が生首の場合、頭突きとはいわないのかな？」

「そ、そういえば……」戦慄《せんりつ》の場面が瞬く間に脳裏に蘇る。流平は包帯が巻かれた額に手を当てながら思わず身震いした。「あ、あれは夢じゃないんですね……ってことは、いったいあれは、なんだったんですか……？」

「だから、あれは富沢芳樹の生首だってば」

「それは判りましたよッ」

流平は思わず声を荒らげた。「じゃあ、富沢は死んでいたんですね。そして死んだと思われていた塚田政彦が実は生きていた。そういうことなんですね」

「ああ、そうだ。湯船の中にプカプカ浮かんでいた二本の腕と二本の脚そして胴体は、すべて富沢芳樹の切断された死体の一部だ。ただし頭部だけが違った。あの頭部は生きた塚田政彦のものだった。彼は富沢の死体のパーツが浮かぶ湯船の中に身を沈めながら、顔だけを水面から出していたんだよ。その様子を見て、僕らはそれを塚田政彦のバラバラ死体だと信じ込んでしまった。実際には政彦の首から下は、あの真っ赤に染まった水の中にあったわけだ」

「じゃあ、この事件の犯人は塚田政彦で、富沢芳樹のほうが実は被害者だった。そういうことなんですね。僕らは富沢芳樹が保険金目当てで塚田政彦を殺したものと考えていましたが、事実は逆だったたってことですか」

「そうだ。しかし僕らの推理もあながち外れではなかった。富沢芳樹が塚田広美と共謀して保険金殺人を企んだのは、どうやら事実らしいんだ。これ以降の話は君が気絶している間に、僕が政彦本人から聞いた話だから、そのつもりで聞いてくれ——」

そういって鵜飼は説明を続けた。

「実際、富沢芳樹は今夜、自ら塚田邸を訪れたんだ。政彦はなにも知らず玄関を開けた。富沢は『奥さんのことでお話が……』などと適当なことをいって家に入り込むと、いきなりナイフを取り出して政彦に襲い掛かった。政彦は必死に抵抗し、相手のナイフを奪い取った。そして逆に富沢の胸にそれを突き立てたんだ。あのダイニング・キッチンでね」

「つまり返り討ちにしたってこと？　だったら正当防衛じゃないですか」

「まあ、そういうことだ。だから、その場で警察に通報すれば良かったと思うんだが、政彦はそうしなかった。彼は様々なことを恐れたらしい。正当防衛とはいえ人を殺したことは事実だし、それが表沙汰になれば日々の暮らしにどんな波風が立つか判らない。そもそも正当防衛と彼は主張しているが、裁判になれば果たしてどんな判断が下されるか。過剰防衛を取られることだって、あるかもだ。事実、彼は奪ったナイフで何度も相手の胸を刺しているのだから——」

確かに被害者の胴体には複数箇所に傷があったようだ。そのことを流平は思い出した。

「それで塚田政彦は警察には通報せず、死体をバラバラに？」

「そうだ。彼は車を持っていなかった。重たい死体をひとりで処分するためには、バラバラに解体して捨てにいくのがいちばんだったんだな。そう思って政彦が物置の中を探ってみると、そこになぜかおあつらえ向きのノコギリがあった」

「ああ、広美が金物屋で買ったやつ！」

「そう。若干の疑問を覚えながらも彼はそのノコギリを使って、風呂場で死体を解体した。湯船の残り湯の中に切断したパーツを放り込みながらね。そうして解体が終わった、まさにそのとき、またしても大変な事件が起こった。なんと、塚田邸にいきなりの訪問者だ」

「つまり、僕らですね」

「そうだ。しかし政彦は最初『放っておけば大丈夫』と高を括《くく》っていたらしい。まさか窓ガラスを破ってまで侵入してくるなんてこと、普通はあり得ないからね。しかし僕らはまさしく窓を破って室内に踏み込んだ。風呂場にいた政彦は、そりゃもう大慌てだ。全身血まみれの彼には逃げ場がない。そこで彼は咄嗟《とっさ》に機転を利かせて、目の前の湯船に飛び込んだ。血で赤く染まった水と、水面をいっぱいに覆う切断された肉体。その中へ身を隠して、逃走の機会を窺うという驚きの作戦だ。これぞまさに《苦肉の策》ってやつだな」

「………」べつに上手《うま》くないですよ。ていうかグロいですよ、鵜飼さん！

切断された人肉の浮いた真っ赤な水面に、自分の意思で身体を沈めていく政彦。その姿を想像して流平は「おえー」と思った。一方、鵜飼は淡々と説明を続けた。

「しかし政彦だって完全に水中に隠れてしまっては、呼吸ができないだろ。だから、どうしたって顔だけは水面から出さざるを得ない。そして政彦が顔を出す以上は、富沢の顔は隠しておくしかない。湯船に男の顔が二つ浮かんでいたら変だからね。そこで政彦は富沢の頭部を腕に抱えて水中に身体を沈めた。その結果、湯船の中には政彦のバラバラ死体が浮かんでいる——そう見える状況が出来上がってしまったわけだ」

「なるほど。僕らは密室だ不可能犯罪だと騒いでいましたけど、実際は不可能でもなんでもなかったんですね。犯人はただ密室の中で息を潜めながら隠れていただけだった」

「まあ、その隠れ場所が意表をついていたことは事実だがね。しかし所詮は、その場しのぎの小細工にすぎない。実際、君が政彦の頭部を持ち上げようとした瞬間、彼はアッサリ観念して、とうとう水面からその姿を現した。そして手にしていた富沢の生首を、腹立ち

「──とまあ、要するにこれはそういう事件だったのさ」

鵜飼は余裕の笑みを覗かせながら、ひと通りの説明を終えた。ベッドの上の流平は、あらためて生首とゴッツンコした額のあたりを、指先でそっと撫でる。思い出したくもない壮絶な場面が脳裏に蘇りそうになって、流平は慌てて話題を変えた。

「そういえば依頼人は？　京子夫人はどうなったんですか」

「もちろん彼女は、この結末に大喜びさ。死んだと思った最愛の息子が、実は生きていたんだからね。いまごろはもう腕のいい弁護士でも探してるんじゃないか。なにせ政彦が富沢の死体をバラバラにしたことは事実なんだ。仮に正当防衛が認められたとしても、死体を損壊し遺棄しようとした罪は免《まぬが》れられないだろう。──まあ、たとえそれで有罪になったとしても、息子が殺されるよりは遥かにマシな結末だったと思うよ。京子夫人にとってはね」

確かにそうだ、と流平も頷いた。だが、それにしてもなんという奇妙な事件だったのだろう。猟奇的な密室バラバラ殺人発生！　と思われた直後に事件は急転直下、実にアッサリと解決してしまったのだ。しかも生者と死者とが、くるりと入れ替わる形で──

あの塚田邸の風呂場で、密室の謎といちおう真剣に向き合いながら、「あーでもない」「こーでもない」と騒いでいた自分たちは、いったいなんだったのか。そして湯船の中に潜んでいた政彦は、そんな間抜けな探偵たちの無意味な議論を、いったいどんな気分で聞いていたのだろうか。『馬鹿かよ、こいつら！』などと密かにあざ笑っていたのだろうか。

そんなふうに思考を巡らせる流平に、そのときひとつの疑問が浮かび上がった。

「そういえば、さっき鵜飼さん、政彦の行為を『その場しのぎの小細工』っていいましたよね。つまり政彦は自ら死体のフリをして、その場を誤魔化しながら、隙を見て逃げ出すつもりだったってこと？　だったら、なぜ政彦は実際に逃げ出さなかったんですか。逃げる隙はあったと思うんですよね。京子夫人は気絶していたし、僕らは建物の戸締りの様子を見て回ったりして、風呂場からは目を離していた。その隙に逃げればよかったじゃないですか。それなのに、なぜ――？」

「確かに君のいうとおりだ。しかし政彦は躊躇《ちゆうちよ》したんだな。なぜかって？　よく思い出してごらん。僕らが風呂場を離れるとき、君は政彦が身を潜める湯船に蓋をしただろ。そして、僕らが再び風呂場に戻ったとき、その蓋の上にはなにがあった？」

「え、なにって……ああ！」その場面の記憶を手繰《たぐ》りながら、流平は思わずパチンと指を弾《はじ》いた。「そうか、ホタテだ。湯船の蓋の上にはホタテが寝そべっていた！」

「そのとおり。蓋の上には犬がいる。この状況で無理やり蓋を持ち上げて外へ出ようとすれば、間違いなくホタテが「ワンワン」とうるさく吠えるだろう。だから、政彦は湯船の中で動くに動けなかったらしい。これは政彦自身が証言したことだから間違いはないよ」

そして探偵は今回の奇妙な事件を締めくくるようにいった。

「要するに、僕らが塚田邸の密室問題について議論している間、政彦は蓋をされた湯船というもうひとつの密室に閉じ込められて、猛烈なストレスに晒《さら》されていたってわけだ」

「そうか。それで湯船から姿を現したとき、彼は妙に腹を立てていたんですね」

どうりで、いきなり生首を投げつけてきたわけだ。流平は最後の謎が解けた気がした。

「まあ、そういうことさ。だが無理もないだろ。なにせ湯船の密室の中は、ああいう状況だったのだからねえ。むしろよく正気を保っていられたものだと、僕は感心するよ……」

まるで政彦に同情を寄せるかのように、探偵はそう呟くのだった。

被害者によく似た男

1

雅人《まさと》が自分に向けられた強い視線に気が付いたのは、彼が最初のグラスを飲み干した直後のことだった。バーカウンターの端から首を傾《かし》げて、斜め後ろを見やる。少し離れたテーブル席に若い女性の姿があった。結構な美女だが何度見ても知らない女性である。

年齢は三十前後か。喪服かと見紛《みまが》うような濃紺のワンピースに真珠のネックレス。シンプルだが洗練されたシルエットに、雅人は思わずヒュウと下品な口笛を吹きたくなった。椅子の上で綺麗に組んだ脚の先では、白いハイヒールがリズムを取るようにゆらゆらと揺れている。艶《つや》めく髪は黒くて長い。手にしたグラスには赤ワインが半分ほど。切れ長の目は魅惑的な輝きを放ち、その視線は一直線に彼へと向けられていた。どうやら雅人に対して多少なりと関心を持っているらしい。

――ならば、ここは手堅くバント戦法で！

安全策を選択した雅人は傍《そば》にいたウェイターを「ヘイ、カモン！」と指一本で呼び寄せ、その耳元に囁《ささや》いた。「君、この店でいちばんのワインを、あちらの女性に」

雅人は斜め後方のテーブルをそっと指差しながらウインク。ウェイターは「承知しました」と渋い声で頷《うなず》くと、いったん彼のもとを離れていった。そして数分後――

「あちらのお客様からでございます」雅人の背後で響く渋い声。

「まあ、あたくしに⁉」

と驚きの声を発したのは、ワンピースの黒髪美女ではなくて、彼女のテーブルの隣の隣に陣取ってビールを飲んでいる太ったおばさんだった。今度は雅人が驚く番だ。

――おいコラ、なんで俺が高いゼニ払って、見知らぬおばさんを口説《くど》かなくっちゃいけねーんだよ！

雅人は自分のグラスを手にして席を立つと、ウェイターの手からひったくるようにワインのグラスを奪い取る。そしてそのまま二つのグラスを持ちながら、隣の隣のテーブルに座る謎めいた女性のもとへと自ら歩み寄った。

――バントはやめだ。ここは強攻策あるのみ！

「おひとりですか。おひとりですね？」どう見ても、二人いるようには見えない。雅人は蛮勇を奮って、その恥ずかしい台詞《せりふ》を口にした。「もし良かったら僕と飲みませんか」

美女は切れ長の目を彼に向けながら、

「ひとりで退屈していたところなの。ぜひご一緒に」

微笑《ほほえ》む彼女の魅力的な表情は一瞬で雅人の脳裏に焼きつき、まなざしは心臓を貫いた。

雅人は彼女の向かいの席に座り、二人は互いのグラスの端を合わせた。こうして雅人は見知らぬ美女と偶然の出会いを果たした。――だけど本当に、これって偶然か？

若干の疑念を抱きつつ、さりげなく名前を問うと彼女は即座に、

「田中直美《たなかなおみ》よ。直美の直は直角の直、美は美人の美」

「……田中直美……」それって、たぶん偽名だよな？

疑惑は払拭《ふっしょく》できないが、それでも雅人の口からは「直美さんか。素敵な名前だ！」と自動的に賞賛の言葉が飛び出す。そして彼も自らこう名乗った。「俺、中山《なかやま》雅人。よろしく」――もちろん、これも偽名である。

だが仮に偽名同士でも構わない。雅人は直美との出会いを喜び、それからの時間を楽しく過ごした。会話は思いのほか弾み、酒も進んだ。そうして夜も深まったころ、二人は揃って『養老の滝つぼ・烏賊川《いかがわ》駅前店』を出た。ちなみに『養老の滝つぼ』は全国チェーンの有名居酒屋『養老乃瀧《ようろうのたき》』や『つぼ八《はち》』の姉妹店でもなんでもない、烏賊川市でのみ有名なローカル居酒屋。この店でいちばん高いワインは、グラス一杯二百九十円ポッキリである。なので、雅人は彼女の伝票を手にしながら「ここは僕が払おう」とカッコ良く胸を叩《たた》

くことができた。お洒落《しゃれ》なバーだとこうはいかない。

――滝つぼサイコー！

雅人の心の中で絶賛の嵐が巻き起こる。

一方、田中直美と名乗る女は「ご馳走さまぁ」と甘えた声をあげて長い黒髪を揺らす。しかしご馳走してあげたのは、あくまでも手段であって目的は別にある。太っ腹な態度の裏側に大いなる下心を隠し持ちながら、雅人は彼女とともに店を出た。

週末ということもあってか、烏賊川駅前は大混雑。酔っ払った会社員やコンパの大学生たちが、ワイワイ騒ぎながら狭い歩道を闊歩《かっぽ》している。直美と肩を寄せ合って歩く雅人は、その耳元に勇気を持って囁いた。「どこか、二人になれる場所にいかないか」

「ええ、わたしも同じことを考えていたわ」

「…………」なんだってぇ！　だったら善は急げだ。「えーっと、それじゃあ二人になれるところ……二人になれるところ……」街中をキョロキョロ見回しながら、その実、とある一箇所を目指して足早に進む雅人。やがて赤いネオン輝く建物に到着すると、妙に複雑な形状をした出入口を指差しながら、「やあ、ここなんて、どうかな？」

「ラブホテルね」と直美は微妙な表情。「うーん、まあ、ここでもいっか」

なんらかの妥協をした口調で美女は渋々と頷いた。同意を得た以上、もはや犯罪ではない。雅人はやや強引に彼女の手を引き、建物の中へ。正式名称は何というのか不明だが、《バラエティ豊かな客室の中から好みの部屋をボタンひとつで選択できる魔法のパネル》の前に立った雅人は、「うーん、どれがどんな部屋だかサッパリ判《わか》んねーなー」と小芝居しながら、その指は迷うことなく『鏡の間』のボタンをチョイス。「変態ね……」という直美の呟《つぶや》きを無視してキーをゲットすると、そのまま彼女を連れて最上階へと向かった。

「さあさあ、ほら、入って入って」

自ら扉を開けてやりながら、雅人は直美を室内へと誘導。だが彼女の身体《からだ》が部屋の内側に完全に入ったその直後、雅人は猛然と扉を閉めて中から施錠。さらにドアロッカーを倒す。瞬間、彼の脳裏で点滅する『捕獲完了』の四文字。隣の彼女はキョトンとした顔だ。そもそも土壇場で逃げ出す考えなど、彼女の頭には微塵《みじん》もなかったらしい。

「ふーん、『鏡の間』って、こういう感じなのねー」物珍しそうに鏡の部屋を眺める直美。

「そうだよ、初めてかい？　いや、もちろん僕も初めてだけどね」

無駄な言い訳をしつつ、直美の背後に歩み寄る雅人。そして、いきなり目の前にあるワンピースの背中を軽く――ドン！　両手で突き飛ばすと、彼女の口から「きゃ！」という小さな悲鳴。たちまち彼女の華奢《きやしや》な身体は巨大なベッドの上にバウンドして横倒しになった。ワンピースの裾が乱れ、白い太腿《ふともも》が僅《わず》かに覗《のぞ》く。長い黒髪が純白のシーツの上で扇のごとく広がる様子に、雅人はぐっときた。服を着たまま、彼女の上にのしかかるように飛びかかる。その姿は、さながらベッドのプールに頭からダイビングする水泳選手のよう

——だが次の瞬間！

猛進する雅人を待ち構えていたのは、突き出された白い膝小僧。それは不埒《ふらち》な男の股間を見事に捉えて、彼を絶望の淵へと追いやった。激痛に悶絶する彼の身体を、彼女のしなやかな脚がさらに蹴り上げる。彼の身体は巴《ともえ》投げを喰らった柔道選手のごとく綺麗な弧を描いて、ベッドの外へ。

「ギャン！」と情けない悲鳴を発した雅人は、気がつくと床で尻餅をついていた。すべては一瞬の出来事だった。「……な、なんでだ？」

訳が判らず呆然とする雅人。ベッドの上の直美は乱れた髪を手櫛《てぐし》で直しながら、

「ごめん。あたし、そういうことしにきたんじゃないのよね」

ここは、主にそういうことをするための空間だと思うが。「じゃあ、何をしに？」

「実は折り入って、あなたに相談したいことがあるのよねえ。——北山《きたやま》雅人クン」

——畜生、知ってやがったのか。だったら『中山』なんて名乗るんじゃなかったぜ！

いきなり突きつけられた本名に、雅人は歯嚙みをするしかなかった。

2

「北山雅人、三十四歳。烏賊川市立大学卒。運送会社に勤めるも三年で退職。以降、職を転々として現在はスーパーの惣菜売り場にアルバイトとして勤務。――間違ってない？」

「悔しいけど正しい」雅人はベッドの端に腰を下ろしながら、「探偵でも雇ったのか？」

「さあね」直美は企むような笑みで続けた。「とにかく、あなたのこと調べさせてもらったわ。でも大事なのは、ここからよ。あなた、二歳上のお兄さんがいるわね。名前は一彦《かずひこ》。だけど名字は北山なんて庶民的なものじゃない」

「庶民的で悪かったな。そういう君は……」

「お兄さんの名字は姉小路《あねこうじ》ね。姉小路一彦、三十六歳。『姉小路物産』の社長である姉小路賢三《けんぞう》の息子。市内の豪邸で奥さんと二人暮らし。自身も会社で取締役を務めている。要するに、お金持ちの跡取り息子ってわけね。だけど、その弟であるはずのあなた、北山雅人クンはスーパーでアルバイト。この違いは何？」

「調べたんなら判るだろ。俺は姉小路賢三が昔、水商売をしていた母に産ませた子なんだ。で、一彦のほうは正妻が産んだ息子。確かに俺にとっては腹違いの兄だが、まともに兄弟と名乗りあったことは一度もない。そもそも姉小路賢三は、俺のことを自分の息子と認知していないから、世間的には赤の他人同士だ。それが、どうかしたのか？」

大いに気を悪くしながら尋ねると、いきなり直美は予想外の言葉を口にした。

「実はあたしね、あなたのお兄さんを殺そうと思うの」

「な！」雅人は驚きのあまりベッドの端から滑り落ち、再び床に尻餅をついた。「なんだって？」

「あたし、姉小路一彦を殺したいのよ」

冗談めいた素振りは微塵も見せず、直美は淡々と続けた。「あなたには関係のない話だと思うけど、あたしの動機は復讐よ。姉小路一彦は独身時代、ひとりの女性と付き合い、甘い言葉とお金と地位でその気にさせた。女性は彼に夢中になったけど、結局、一彦にとっては単なるお遊びだったのね。散々に彼女の心と身体を弄《もてあそ》んだ挙句、一彦はその女性をゴミのように捨てたの。嘆き悲しんだ女性は心を病んで、駅のホームから走ってくる電車に身を投げた――」

「お、おいおい、待て待て！　本当に俺とは関係のない話じゃないか！」

雅人は床から立ち上がり、再びベッドに座りなおした。今度は端っこではなくてベッドの中央だ。彼は目の前の直美の顔を真《ま》っ直《す》ぐ見詰めながら、「その女性が誰かは知らないが、要するに君にとっては大事な人なんだな。家族か親戚か、あるいは親友か先輩……」

「親友だったわ」

「そうか。まあ、誰だっていい。とにかく、それが事実なら確かに可哀想な話だ。心から同情するぜ。まったく一彦は酷《ひど》い奴だよ。ああ、本当に酷い。復讐したいと思うんなら、勝手にどうぞ。――だけど、なんで俺が？」

訳が判らない雅人は自分の顔を指差して聞く。そんな彼の前にピンクのスマートフォンが無言のまま差し出された。画面上に映し出された映像を見て、雅人はキョトンとなる。

「ん、なんだよ、これ？　俺の写真じゃないか。いつ撮ったんだ？」

「違うわ。これは、あなたじゃない。あなたのお兄さんの写真よ。つい最近のね」

「はあ⁉」驚いた雅人は彼女の手からスマホを奪い取り、食い入るように液晶画面を見詰めた。画面の中で大写しになった兄の顔は、いまの雅人と瓜二つ。雅人本人でさえ自分の顔だと見間違うほどである。「こ、これがいまの一彦だって⁉　し、信じられん」

「嘘じゃないわよ。あたしが自分で撮ったんだから」直美は画面上に指を滑らせ、さらに数枚の写真を示す。兄と直美が頰《ほお》をピッタリ寄せている自撮り写真だ。「――ね？」

「た、確かに。――にしても君は一彦と随分親しいみたいだな。どういう関係なんだ？」

「姉小路一彦はあたしが働くバーの常連さん。奥さんがいるくせに、あたしにぞっこんなの。まあ、そうなるように、あたしのほうから言い寄ったんだけどね。それで彼があるとき自分からポロリと漏らしたの。『俺には腹違いの弟がいるんだ』ってね。『いまは、どこで何してるか、知らねえけど』って笑ってたわ」

「笑ってやがったのか。そうかそうか」べつに、どーだっていいや。「――それで?」

「興味があったんで、あなたのことを捜してみたの。あなたにたどり着くのは意外と簡単だったわ。あたしのバーのお客さんが、あなたのお母さんのことを知っていたから。でも最初にあなたを見たときには、正直ビックリしたわ。本当にお兄さんそっくりに見えたもの!」

「そういうことか」雅人は直美にスマホを返しながら、「腹違いとはいえ歳《とし》の近い兄弟だ。もともと似ていることは気付いていた。しかしここまでとは、俺も知らなかったな」

「最近、顔を見る機会はなかったの?」

「ああ、昔はときどき向こうの暮らしぶりを窺《うかが》っていた。羨望と嫉妬のまなざしでな。だけど最近はもう気にもしてなかった。長く見ないうちに、前より似ていたんだな」

考えてみると、子供のころの二歳差は大きい。似るにしても限度がある。

だが、お互いが三十代も半ばとなったいま、以前にも増して兄弟の容貌には差がなくなってしまったらしい。

血は争えないもんだな——と感慨に耽《ふけ》る一方、雅人は目の前の美女の密《ひそ》かな企みに、ようやく思い至った。「君、一彦を殺すっていったな。てことは、まさか、この俺に……」

「ええ、そうよ」直美は皆まで聞かずに頷いた。「あなたには、お兄さんの替え玉になってほしいの。本当は、あたしの替え玉になってくれる黒髪美人がいれば、それがいちばんなんだけど、あたしほどのクールビューティは街中探したって滅多にいないでしょ？」

「…………」なにいってんだ、この女？

キョトンとする雅人に対して、彼女は澄ました顔で、「いまの、笑うところよ」

ああ、そうか。「……は、はは！」——畜生、笑えるか、この状況で！

「とにかく、そういうわけだからお願い。判るでしょ、あたしがいってること」

「判る。贋《にせ》のアリバイ作りだな。よく似た替え玉がいれば、やり方はいくらでもある」

「そういうこと。贋アリバイを主張することで、あたしは警察の追及を免《まぬが》れる。あなたは自分の手を直接汚すことなく、邪魔なお兄さんを消すことができる。お兄さんがいなくなれば、あなたはもう日陰の存在ではなくなるわ。だって姉小路賢三の血を受け継ぐのは、あなただけになるんだもの。ひょっとしたら姉小路家の跡取りになれるかもよ」

確かに、それは彼女のいうとおりだった。そもそも姉小路賢三が雅人のことを自分の子として認知しないのは、正妻と一彦の存在があったからだ。だが、すでに正妻は数年前に鬼籍に入っている。ここで一彦がいなくなれば、賢三は誰に遠慮することもなく、雅人のことを自分の息子として認めるだろう。そうなれば雅人の人生は一変すること間違いナシ。もう惣菜売り場でアルバイトする必要もないだろう。輝く未来が開けるかもだ。

「いや、しかし待て待て」雅人は薔薇《ばら》色の未来を打ち消すように首を振った。「そんなの無理だろ。替え玉なんて上手《うま》くいくわけない。確かに写真の一彦と俺とは、よく似てるかもしれないが、実物と比較すれば、なにかしら差があるはず。雰囲気とか振る舞いとか」

「そうね。実際、一箇所だけ歴然と差があるみたい。間近で会ってみて気付いたわ」

「え、どこだよ？」雅人は彼女ににじり寄った。「俺と一彦の何が違うって？」

「ここよ、ここ」といって直美は自分の頭を指差す。

「なんだ、頭か」雅人は口許《くちもと》をムッと歪《ゆが》めながら、「そりゃあ一彦は東京の一流大学を出ているさ。でもって、こっちは烏賊川市立大卒。でも、それは互いの教育環境に差があっただけで……」

「違うわよ。頭の中身じゃなくて、あたしがいってるのは、なんていうか……その、頭の外観っていうか、ヘアスタイルっていうか、その、毛髪の量が、えっと……ねえ、ホントに気付いてないの？」

哀れむような視線を浴びせられて、雅人は大いなる不安に襲われた。右手を自らの頭頂部にやりながら、「え、なんだって⁉　髪の毛が、どうかしたのかよ。そりゃ最近、微妙に薄くなってきたことは自覚しているけど、べつにハゲてるってほどじゃないし……」

「そう？　だけど、地肌が見えてるわよ」

「ななな、なんだってえぇぇぇッ」雅人は愕然《がくぜん》となった。薄くなった毛髪越しに頭皮が透けて見えているということは――「そ、それってハゲてるってことじゃないか！」

「まあ、言葉を選ばずにいうなら、そういうことね。正直、ちょっとカッパみたいよ」

「う、嘘だ。嘘だろ！」衝撃のカッパ発言に動揺を隠せない雅人。自らの頭頂部を両手で押さえ、キョロキョロとベッドの周囲を見回しながら、「か、鏡……どこかに鏡は……？」

「馬鹿ね。部屋中、鏡じゃない」

そうだった。幸か不幸か、ここは『鏡の間』。頭頂部を映す鏡に不足はないのだった。

さっそく合わせ鏡で頭頂部の具合を入念にチェックする雅人。対照的に豊かな黒髪を誇る美女は、独り言のようにいった。「うーん、なにか上手いハゲ隠しを考えないとね」

――畜生、ハゲっていうなよ、ハゲって！

結局、その夜は話をしただけで彼女と別れた。この種類のホテルで美女と一緒にいながら、黒髪に触れることも柔肌《やわはだ》を撫《な》で回すこともないまま、ただ二人して部屋を出ていくなどという無意味な経験は、北山雅人の人生において過去にない椿事《ちんじ》だった。

ただし、その別れ際に彼女はひとつだけ、雅人に対する誠意を見せた。彼女は免許証を示しながら、自ら本名を名乗ったのだ。やはり田中直美という没個性的な名前は偽名だった。直美は直美でも本名は田代《たしろ》直美。もう雅人だって「素敵な名前だ！」などと歯の浮くような台詞は吐かない。ただ偽名の付け方が自分と同じセンスだな、と感じただけである。

「いい返事、期待しているわね」

田代直美は軽く手を振ると、濃紺のワンピースの裾を翻《ひるがえ》しながら彼の前から立ち去っていった。雑踏の中へと消えていく彼女の真っ直ぐな背中。左右に揺れる黒髪を見詰めながら、雅人の心の針はすでに一方向に傾きはじめていた。

3

それから瞬く間に一週間が経過。再び週末の夜を迎えた烏賊川市。繁華街の喧騒から少し離れた烏賊川沿いの道路は、通行する車の数も多くはない。その路肩にポツンと停車する黒いミニバンが一台。運転席に座るのは、先週同様、喪服のようなワンピースに身を包んだ田代直美。助手席にはグレーのスーツでビシッと決めた北山雅人の姿があった。

ちなみにミニバンは直美の車。グレーのスーツも彼女が用意した高級品を、いわれるままに着ただけだ。雅人の自宅のクローゼットには、そもそもスーツなど一着もない。

一方、直美の話によれば、姉小路一彦はここ数年、外出するときはグレーのスーツしか着ないらしい。仕事のときはもちろんだし、直美のバーに飲みにくるときもそう。プライベートで彼女と会うときも、判で押したようにグレーのスーツ姿なのだという。

「スティーブ・ジョブズやオバマ大統領のやり方を真似《まね》してるらしいわよ」

「てことは、いまの俺は普段の一彦とそっくり同じ姿ってわけだ」

「一部分を除いてね」

皮肉な呟きを漏らしながら、直美は彼の頭を横目で見やる。雅人は不愉快な視線を避けるように、狭い助手席で身をよじった。懸案となっている頭頂部については、まだ何の細工も施されていないのだ。

「でも大丈夫。気にしないで。いいもの持ってきてあげたから」

直美が取り出したのは、薬ビンのような白い容器と殺虫剤風のスプレー缶だった。

「なんだ、それ？」と眉をひそめる雅人の横で、直美が得意げに説明を開始する。

「テレビとかで見たことない？　この白い容器には真っ黒な魔法の粉が入っているの。これをこうして、薄くなった頭に直接ふりかけるでしょ――」

いうが早いか彼女は容器の蓋を取って、それを雅人の頭上に持っていく。黒い粉を真上から浴びせられて、たちまち雅人はパニックに陥った。「うわわわ、な、何すんだ！　なんだ、これ、ふりかけか。これって海苔のふりかけなのか！」

「だから魔法の粉だってば」

「馬鹿馬鹿！　この世に魔法なんてあるか」

「もう、うるさいわね」唇を尖《とが》らせた直美は、今度はいきなり雅人にスプレー缶を向けた。逃げ惑う彼の頭上目掛けて、問答無用とばかりにボタンを押す。毒霧のごとき何かがプシューと勢いよく噴射されて、彼の頭頂部を包み込む。またしても雅人はパニックだ。

「今度はなんだよ！　殺虫剤か。畜生、俺は虫か。害虫なのか、俺は！」

身悶《みもだ》える雅人の隣で、しかし直美は満足そうな顔。ダッシュボードの中から鏡を二枚も取り出すと、それを彼へと手渡しながら、「ほら、よーく見てみなさい。自分の頭を」

「はあ、なんなんだよ、まったく――」と不満を呟きつつ、いわれるままに二枚の鏡を駆使して自分の頭頂部を眺めてみる。たちまち雅人の口から感嘆の声があがった。「おおッ、こ、これは、どうしたわけだ！　隠れている。さっきまで髪の毛の隙間《すきま》から薄《うつす》らと覗いていた地肌が、いまはもう黒々とした何かで綺麗に隠されているぅ――ッ」

「どう、凄いでしょ」

白い容器とスプレー缶を彼に手渡して、直美は得意げに説明した。「黒い粉を髪の薄くなった部分にふりかけて、スプレーをひと吹き。それだけで、まるでカツラを被《かぶ》ったようにハゲている部分が黒々と見えるの。いま人気のハゲ隠しアイテムよ」

「――ハゲっていうな！」どうしても雅人は、その単語には反応せざるを得ない。「そもそも俺に隠すほどのハゲなんてない。ただちょっと薄いだけ――でもまあ、それはいい。とにかくこれで俺の外見は一彦とすっかり同じになったってわけだ。そうなんだな？」

「ええ、完璧だわ。誰がどう見たって姉小路一彦よ。前から見ても上から見ても」

「…………」どうも揶揄《やゆ》されているように聞こえてしまうのは、気のせいか？　雅人は小さく溜め息をつきながら横目で運転席を見やる。直美の横顔はゾクリとするほど澄み切った表情だ。雅人はいままでになく真剣な声でいった。「今夜、本当にやるんだな？」

「ええ、やるわ。計画どおりにね」

計画では、この後、直美は自分の車で烏賊川駅前へと向かう手はずだ。そこでは何も知らない一彦が彼女のことを待っている。彼は直美の車に乗り込み、二人はそのまま市街地から遠く離れた盆蔵山《ぼんくらやま》へ向けて夜のドライブ。そこで彼女は、「夜景が綺麗な穴場があるの」とかなんとか適当なことをいって、彼を崖の上へと誘い出す。後は隙を見て、無防備な彼の背中を――ドン！　そして彼女は自分の車で街へと引き返す。簡単にいうと、そういう段取りである。もちろん直美が犯行に関わっている時間、雅人は彼女の贋アリバイ作りのために、『姉小路一彦の生きている姿』を演じるわけだ。

「まさか、あなた、怖気《おじけ》づいたんじゃないでしょうね」

「そ、そんなことはない。俺だって自分の意思で決めたことだ。迷いはない」

「そう」頷いた彼女は囁くような小声でいった。「ありがとう。助かるわ」

「かかか、勘違いするなよ。おおお、俺はべつに君の復讐を手伝ってやるわけじゃないんだからな！」と、なぜだか雅人は激しくうろたえた。「き、君が復讐を果たそうが何しようが、俺とは関係のないことだ。俺はあくまでも自分の私利私欲のために、この役目を引き受けただけ。日陰者の暮らしから抜け出すんだ！」

「そう。それじゃあ上手くやりましょうね」

「ああ、そっちこそ上手くやれよ」

雅人と直美はどちらからともなく固い握手を交わした。――なんだい、握手かよ！　こういう場合はおまじないのキスとかじゃねーのかよ！　と不満に思わないでもなかったが、雅人はそれ以上要求するのも浅ましい気がして、「それじゃあ、俺はいくからな」

助手席のドアを開けて路上に飛び出す。その背中を直美が呼び止めた。「あ、待って！」

――おッ、なんだ、どうした⁉　やっぱりおまじないのキスか。キスなのか⁉

淡い期待を胸にしながら、振り向く雅人。

しかし直美は彼のスーツの膨らんだポケットを指差して、クールなひと言。

「魔法の粉とスプレーは置いていったら？　もう使わないでしょ？」

4

――畜生、今回の一件が無事に済んだら、密かに愛用しようと思ったのに。でもまあ、いいか。きっと同じものが通販か便利グッズの店で買えるだろうから。

雅人は手に入れそこなった魔法のアイテムに未練を残しつつ、川沿いの道をひとりブラブラと歩く。やがて繁華街の外れにたどり着くと、目の前に一軒の喫茶店が現れた。若者に人気のカフェではない。渋くて古い昔ながらの喫茶店らしい店構え。看板には洒落た飾り文字で『二刀流』とある。

――おう、ここだ、ここだ！

扉を開けて足を踏み入れてみれば、薄暗い店内は半分程度の混み具合。珈琲《コーヒー》カップを手に談笑する若い女性たちもいれば、ビール片手に本を読む老人の姿も見える。どうやらここは珈琲とアルコール、どちらも楽しめる店らしい。――だから二刀流ってわけか。

納得した雅人は、店のいちばん奥のテーブル席に腰を落ち着ける。しばらくして注文を取りにきたのは、この店のマスターらしい初老の男性だった。「いらっしゃいませ」

「………」ああ、駄目だ駄目だ！　俯《うつむ》くなよ、北山雅人！

消極的な自分を叱《しか》りつけ、勇気を奮って顔を上げた雅人は、マスターの顔を真っ直ぐ見据えた。自分の存在を——正確には『姉小路一彦の存在』を——マスターに印象付けるためである。雅人はこれ見よがしにグレーのスーツの襟を直しながら、「やあ、今夜は冷えますね」と、実にどうでもいいひと言。メニューを受け取って、その場で開くと、目に飛び込んできたのは『当店特製、二刀流カクテル』の太い文字。酒好きの雅人の喉が、瞬間ゴクリと卑しい音を立てた。

——二刀流カクテルだと!?　何なのだ、それは!?

「おや、お飲みになったことありませんでしたっけ。『二刀流カクテル』、お薦めですよ。珈琲リキュールをベースにした甘いカクテルでして、珈琲とお酒、両方の風味が味わえます。これぞまさしく二刀流……」お喋《しゃべ》りなマスターが聞いてもいないのに説明を加える。

その気さくな話し振りから、彼が雅人のことを常連客である一彦と完璧に勘違いしていることだけは、ハッキリと確認できた。——よしよし、全然バレてないぞ！

ホッと安堵《あんど》の息をついた雅人は「じゃあ、それを……」と、うっかり『二刀流カクテル』を注文。だが次の瞬間、「ああッ、違う違う。二刀流じゃなくて！」と慌てて前言撤回すると、「い、一刀流を！　普通の珈琲をください」と注文しなおした。

「はあ⁉」初老のマスターは怪訝《けげん》な顔で雅人のことを頭上から見下ろすと、「ブレンドですね。はい、少々お待ちを」といって彼のテーブルを離れていった。

「ふぅ」と密かに胸を撫で下ろした雅人は、おしぼりで額の汗を拭《ぬぐ》う。危なかった。ここで無闇にアルコールを摂取することは厳禁なのだ。なぜなら明日の朝、発見されるであろう一彦の死体からは、けっしてアルコールなど検出されないのだから——

やがてマスターが湯気の立つ珈琲カップを持って、再び雅人のテーブルへ。バインダーに挟んだ紙の伝票をテーブルに伏せて置くと、「ごゆっくり」とひと声かけて、マスターは再びカウンターの向こうへと戻っていった。

運ばれてきたブレンド珈琲を啜《すす》りながら、雅人は壁の時計を見やる。時計の針は午後八時を示していた。あと一時間だ。午後九時になれば、ここから遠く離れた盆蔵山の崖の上から、本物の姉小路一彦が密かに転落死を遂げる。田代直美は見事に復讐を果たして、亡き親友の無念を晴らすだろう。一方の雅人は直美の贋アリバイを確固なものとするべく、この喫茶店で最低二時間は粘る予定である。「てことは、午後十時までか……」

それまで誰も話しかけてくるなよ！　濃密な拒絶のオーラを発散させながら、雅人はポケットから文庫本を取り出し、それを読みはじめた。滅多に活字の本を読まない彼の読書は、きっちり午後十時まで続き、そこで終了した。それがこの店の閉店時刻だったからだ。

こうして無事に姉小路一彦の替え玉を演じきった北山雅人は、喫茶店を出ると再び烏賊川沿いの道を徒歩で移動。やがて人けのない公園にたどり着くと、植え込みの中を手探りした。密集するツツジの中から引っ張り出したのは、大きめのリュックだ。中には着替えの服が納まっている。雅人は公衆トイレの個室の中で高級スーツを脱いで、代わってジーンズと薄手のダウンジャケットを着込んだ。個室を出て、鏡の前に立つ。金持ちの跡取り息子の姿はもはやどこにもなく、そこには冴えない三十男の姿があるばかりだった。

「よし、どこから見ても、元どおりの俺だ」

雅人は脱いだスーツを詰め込んだリュックを背負って、公園を後にした。これからは彼自身のためのアリバイ作りだ。その方策も前もって考えてあった。彼は川沿いの道をさらに進んで、やがて一軒のファミレスにたどり着いた。時計の針はすでに午後十時半に差しかかっている。店内に足を踏み入れると、馴染《なじ》みの顔が彼を迎えた。

「いらっしゃいませぇ——って、よう、なんだ、北山じゃないか」

気安く呼ぶのは学生時代からの友人、川島俊樹《かわしまとしき》だ。勤めていた会社が倒産したあおりを受けて、川島はこの店で深夜のバイトに勤《いそ》しんでいるのだ。そんな川島は雅人を窓際の席に案内すると、メニューを示しながら、「お決まりになりましたら、ボタンでお呼びください」とマニュアルどおりの対応。ところがテーブルから離れようとした瞬間、「あれ、なんか北山、いつもと雰囲気、違くね？」と友人は疑惑の視線を雅人へと向けた。

「はあ、違くねって、なんだよ⁉　どこも違うわけないだろ――あ、俺ちょっとトイレ」

すっくと立ち上がった雅人は何食わぬ顔でトイレへ。誰もいないのを見計らって、すぐさま洗面台の前に立つと、蛇口から水をいっぱいに出して、自らの頭頂部を両手でわしゃわしゃと洗いはじめた。「畜生、馬鹿馬鹿、なにが『元どおりの俺』だよ！　頭に魔法がかかったまんまじゃねーか。あー、危ねえ危ねえ！」

まさに頭隠して尻隠さず――いや、ちょっと違うか。いずれにせよ雅人は自分の迂《う》闊《かつ》さに呆《あき》れる思いだった。それでもなんとか危機を逃れた雅人は、いったん気持ちを落ち着かせるため個室に入る。濡れた髪の毛をハンカチで拭きながら便器にしゃがみこむと、いきなり携帯に着信があった。

「おッ、直美じゃねーか！」

雅人は携帯を耳に押し当てる。電話越しの直美の声は、普段どおりクールだった。

『あたしよ。そっちは、どう？』

「上手くいってる。いや、ちょっと危ないところもあったけど、大丈夫だ。そっちは？」

『ええ、やったわ。計画どおりに』

素《そ》っ気《け》ない答えにゾクリとした。——殺《や》ったのか、マジで？

携帯を持つ雅人の右手が微《かす》かに震えた。「いま、どこにいる？　まだ盆蔵山か」

『違うわ。予定どおり午後九時に事が終わって、それからすぐ街に戻ったの。いまは友達がやっている深夜営業のスナックにいるわ。ここに朝まで居座るつもりよ』

「俺はファミレスだ。俺もここで朝まで過ごす。酔っ払った振りしてな」

それで二人のアリバイは完全なものになるはず。雅人はそう確信した。なぜなら喫茶店『二刀流』で午後十時まで過ごした姉小路一彦が、その後、訳あって盆蔵山で転落死したとするなら、それはどう計算しても午後十一時以降の出来事と見なさざるを得ない。烏賊川市の街中から盆蔵山の現場まで、どんなに車を飛ばしても一時間は掛かるからだ。ならば、この午後十時半という時刻に街中のファミレスやスナックにいて、朝まで居座り続ける雅人や直美には、盆蔵山での犯行はまったく不可能ということになる。

よって二人ともアリバイ成立。警察の手は絶対に二人のもとには届かない——

「やったな、直美」個室の中で雅人は歓喜の声。「俺たち、上手くやれたんじゃないか」

しかし携帯越しの直美の声は慎重そのものだった。

「いいえ、喜ぶのはまだ早いわ、北山クン。本当の勝負はこれからよ――」

5

『姉小路物産』の取締役、姉小路一彦氏が盆蔵山の山中で崖から転落、死体となって発見された。そんなニュースが地元メディアを駆け巡ったのは、事件翌日のことである。

地元の新聞が報じるところによれば、死体発見は朝の七時ごろ。付近に住む農家の老人が崖の下に転がるスーツ姿の男性を発見。緊急通報をおこなったが、すでに男性に息はなかった。警察は事故もしくは他殺の両面から捜査を続けている。――とのことだったが、新聞やテレビの報道を見る限りでは、これを単なる事故と考える者は皆無のようだった。

烏賊川市界隈では、もっぱら姉小路一彦は「社内の権力闘争のあおりで消された」とか「ヤクザとのトラブルで抹殺された」とか「オンナに突き落とされた」などと噂されているらしい。三番目の説はまさしく図星なので、噂というやつは案外馬鹿にできないものだなあと、雅人は感心するしかなかった。

そんな雅人が背後に奇妙な視線を感じたのは、事件から三日が経過した昼間。スーパーでのバイトを終えて帰宅中のことだった。――ひょっとして誰かにつけられている？

嫌な予感を覚えた雅人は、ならば、とばかりに突然のダッシュ！　猛スピードで道路の角を曲がると、そこで急停止。くるりと振り向いて「わッ！」と脅かしてやると、追いかけてきた二人組の男たちは「わあぁぁ――ッ」「ひぇぇぇぇ――ッ」と面白いように悲鳴をあげて、道端にバタバタと倒れこんで尻餅をついた。二人組のうち、若いほうは地味な背広姿。年配のほうは某人気漫画に出てくる名物刑事が着ているような茶色のコート姿。通称、銭形《ぜにがた》コートというやつだ。ひと目見て、雅人は彼らの正体に思い至った。

「なんですか、あなたたち。僕に何か用でも？」

念のため聞いてみると、案の定、銭形コートを着た中年男が立ち上がりながら、「怪しい者ではありません。烏賊川署の者です」といって警察手帳を顔の前に示した。「北山雅人さんですね。亡くなった姉小路一彦氏のことで、お話を伺いたいのですが」

「ああ、警察の方ですか。これは失礼しました」おとなしく頭を下げた雅人は、哀しげな表情を作りながら、「僕もニュースで見て驚きましたよ。突然のことでしたからね。しかも他殺の疑いがあるとか。ええ、もちろん捜査への協力は惜しみません。ぜひ真犯人を捕まえてください。――でも、ここではなんですから、話は近くの喫茶店で」

「ほう、『二刀流』ですか？」

「な！」いきなりの危険球を喰らって雅人は一瞬、言葉に詰まる。「ち、違いますよ」

「ん、違うって何がです？」中年刑事が探るような視線を雅人へと向ける。「わたしはただ『二刀流』といっただけなんですがねえ」

「……うッ」確かにそうだ。中年刑事は『二刀流』が喫茶店の名前だとはいっていない。この場合の模範解答は、『何のことです？』ととぼけるか『え、いま何と？』と聞き返すか、あるいは『大谷《おおたに》がどうしました？　僕は彼の二刀流には最初から大賛成でしたよ』と嘘をつくか、三つにひとつだろう。それなのに雅人は『違いますよ』とハッキリ答えてしまった。これでは、『二刀流』という名前の喫茶店を知っています、と告白するようなものだ。

――くそ、この中年刑事、意外と曲者《くせもの》かもしれない！

内心で舌打ちしながら、雅人は懸命に作り笑いを浮かべた。「は、はは、刑事さん、知りません？　繁華街の外れにあるんですよ、そういう変わった名前の喫茶店が。でも、僕の行きつけはそこじゃありません。すぐそこの『永久欠番』って店ですから」

なんとか誤魔化して、雅人は刑事たちを喫茶店『永久欠番』へと案内する。ボックス席に腰を落ち着けると、あらためて二人の刑事が自己紹介した。銭形コートの中年刑事は砂《すな》川《がわ》という名前で肩書きは警部。一方の若い男は志木《しき》刑事というらしい。三人は揃って珈琲を注文し、やがて質疑応答が始まった。質問の口火を切ったのは砂川警部だ。

「姉小路一彦氏が亡くなったことは、いつどこでお知りになりましたか」

「翌日のテレビニュースで見ました。もちろん驚きましたよ。母親は違えども、いちおう兄と呼ぶべき存在ですからね。――といっても、まあ、赤の他人みたいなものですが」

「他人ってことはないでしょう。兄弟だけあって、大変よく似ていらっしゃる。わたしも最初に見たときには、ビックリしましたよ。まさしく瓜二つってやつだ」

一部分を除いてだろ――と雅人は心の中で自虐的に呟いた。砂川警部の視線は、先ほどのから幾度となく雅人の頭頂部に注がれているのだ。もちろん今日の彼の頭頂部に例の魔法の粉はかけられていない。粉はかけられていない。雅人は不躾《ぶしつけ》な視線を弾《はじ》き返すように頭を振った。

「最近は全然向こうの顔を見ていないんで、似てるかどうか、よく知りませんがね」

精一杯とぼける雅人の前で、砂川警部は唐突に話題を変えた。

「先ほど、『二刀流』という喫茶店をご存知とのことでしたが、実際にいかれたことは？」

「いや、ありませんね。名前を聞いただけです。いや、店の前を通ったことぐらいは、あったかな。――にしても刑事さん、やけに『二刀流』にこだわりますね。兄が盆蔵山で死んだことと、その喫茶店と何か関係でもあるんですか」

探りを入れる雅人に対して、今度は若い志木刑事が手帳を見ながら答えた。

「姉小路一彦氏は『二刀流』の常連客でした。そして亡くなる当日の夜にも、その店を訪れています。マスターの証言によれば、一彦氏は午後八時ごろに店に現れ、閉店時刻の午後十時まで店にいたそうです。これが事実ならば、一彦氏が山で転落死を遂げたのは、どう早く見積もっても午後十一時以降ということになるのですが……」

「そこでお尋ねしたい」砂川警部が後を引き取っていった。「あなたは事件のあった夜の午後十一時以降、どこで何をしていましたか」

「おや、アリバイ調べですか。てことは、僕も兄殺しの容疑者のひとりってわけだ。まあ、いいでしょう」

想定内の質問に雅人は内心ホッと胸を撫で下ろす。そして、あらかじめ用意してあった台詞を悠々と口にした。「その夜なら、僕は川沿いのファミレス『烏賊天国』にいたはずです。二十四時間営業の店で、僕は酒を飲みながら朝までずっとそこにいました。酔っ払って寝ちゃったんです。嘘だと思うなら、店員の川島って男に聞いてみてください」

「ほう、なるほど。それは随分おあつらえ向きのアリバイですねえ」

出来過ぎだ、とでもいいたげな警部の口調。雅人は思わずムッとなった。

「何か疑問な点でも？」

この問いに、再び志木刑事が口を開いた。

「さらに『二刀流』のマスターを問い詰めたところ、彼の口から妙な話が飛び出したんですよ。どうも、事件の夜の一彦氏は普段と印象が違ったらしいんです。なんだか普段の一彦氏とは『頭の恰好が違っていた』と、そうマスターが証言しているんですよ」

「あ、頭の恰好……」ピンポイントで指摘されて、雅人は愕然となった。

完璧なハゲ隠しを施したはずだったのに、やはりバレていたのか。黒い粉とスプレーによる魔法の力も、マスターの目を欺《あざむ》くことはできなかったというのか。マスターが間近でこちらの頭頂部を眺めたのは、注文を取るときと珈琲を運んだときの二回だけ。両方合わせても、ほんの僅かな時間だったはずなのに――

マスターの優れた眼力に舌を巻く雅人。それでも彼は折れそうになる心を奮い立たせて、懸命の反論を試みた。

「しかし刑事さん、マスターだって客の頭をそうジロジロ見たわけじゃありませんよね。だとすれば、彼の印象というのも曖昧《あいまい》なものに過ぎないのでは？」

「それは、おっしゃるとおりですがねぇ」と砂川警部は曖昧に頷きながら、「やはりマスターの印象は正しいのかもしれない。すなわち、事件の夜『二刀流』に現れた男は、被害者によく似た別人だった。そういう可能性も否定はできない」

「否定はできないって……」くそ、もう腹の探りあいは沢山だ！　短気を起こした雅人は単刀直入に尋ねた。「判りました。要するに刑事さんは、その被害者によく似た男というのが、この僕だったのではないかと、そう勘ぐっているわけですね？　だったら証拠でもあるんですか。僕の指紋か何か、その店に残っていましたか？」

「いいえ、事件当日の伝票を調べてみたんですが、該当する伝票からはマスターの指紋が検出されただけでした。でも、おかしいと思いませんか。あなたの指紋はともかくとして、少なくとも一彦氏の指紋は伝票のどこかに残っていなきゃ変だ。しかし、それがない。まるで支払いの直前に誰かが紙の伝票を綺麗に拭ったかのようだ」

「そうですか。べつに変とは思いませんね。紙の伝票に直接触れずに、バインダーのほうを手で持てば、伝票に指紋は残らない。きっと一彦もそうしたんでしょう。バインダーは多くの人が手にするから、一彦の指紋は自然に消えてしまった。そういうことでは？」

「なるほど、その可能性はある。しかし北山さん」砂川警部はテーブルの向こうから雅人の顔を覗きこんでいった。「あなた、よくご存知ですね、『二刀流』の伝票がバインダーに挟んであることを。先ほどは、店にいかれたことはないと伺いましたが」

「き、喫茶店の伝票ってものは、大抵バインダーか何かに挟まれているものですよ。ほら、こんな具合にね」雅人はテーブルに置かれた『永久欠番』の伝票を手に取って、刑事たちに突き出す。

砂川警部はバインダーごとそれを受け取り、志木刑事にパス。若い刑事は「えーッ、僕が払うんスかー」とハッキリ不満を声に出す。

雅人はいまにも椅子を立つような素振りを見せながら、「それじゃあ、僕はこのへんで失礼を――」

「では最後にひとつだけ」砂川警部は指を一本立てて食い下がった。「あなたは事件の夜の午後八時から十時の間は、どこで何を?」

その時間帯については正直、上手い答えを用意していない。一彦のフリをして喫茶店『二刀流』にいたから、雅人自身のアリバイは用意したくても用意できないのだ。

雅人は吐き捨てるように答えた。

「さ、さあね。どこか夜の街をぶらぶらしていたんでしょ!」

6

伝票を刑事たちに押し付けた雅人は、喫茶店『永久欠番』を飛び出す。そのまま真っ直ぐ自宅に戻ると、すぐさま携帯を手にして田代直美の番号をコール。待つこと数秒で聞き覚えのある声が応えた。『はい、田代です。――どうしたのよ、何かあったの?』

「北山だ。――ついさっき、俺のところに烏賊川署の刑事がきた。二人組だ。砂川っていうベテランの警部と、もうひとりは若い刑事で、えーっと、なんだっけ、埼玉県にある地味な駅名とか街の名前にあるような、そんな感じのアレだ、アレ……」

『志木市ね。それ志木刑事でしょ。その二人組なら昨日の夜、うちの店にもきたわよ』

「そうか。何を聞かれたんだ？」

『主にあたしと一彦との関係ね。バーの客と従業員の関係だって答えておいたけど、まあ信じなかったでしょうね。それと事件の夜のアリバイを聞いてきたから喜んで答えてやったわ。――そっちは何を聞かれたの？　変なボロは出さなかったでしょうね？』

「いや、それが、その、実は……」

雅人は先ほどの刑事たちとの詳しいやり取りを、直美に伝えた。砂川警部の巧みな誘導に惑わされて、いくつかのミスを犯したことも包み隠さず告白する。電話の向こうの直美は、彼の言葉を黙って聞いていた。雅人は不安な思いで彼女に尋ねた。「――と、そういうわけなんだ。どう思う、直美？　俺たちのやった替え玉トリックって、もうすっかり警察にバレてるんじゃねーのか」

『かもね』電話の向こうの直美の声は素っ気ない。

「かもね――って、おいおい！　これって直美が言い出したことなんだぞ！」どん底に突き落とされた気分の雅人は、思わず泣き言を呟いた。「ああ畜生！　やっぱり所詮は無理な話だったんだよ。そりゃそうだ。いくら似てるっていったって他人は他人。高級スーツを着ようが薄くなった頭を隠そうが、見る人が見れば別人の成りすましだってことぐらいは、なんとなく判るんだよ。現に、あのマスターはそれを見抜いたんだから——」

『なにグチグチいってんのよ。しっかりしなさい。勝負はこれからじゃないの！』

「はあ!? なにが、これからだよ。もう勝負は見えて……」そう口にしかけた雅人だったが、ふとした疑問を覚えて口を噤《つぐ》んだ。——なぜ直美はこんなにも冷静でいられるのか？

もともとクールな女だとは思っていた。外見だけではなくて中身もクールだ。熱くなったり感情的になったりするところがない。ホテルのベッドに押し倒されそうになったときでさえ、冷静沈着な膝攻撃で危機を回避した。しかし、そんな彼女も今回ばかりは、そう冷静ではいられないはず。なにせ自らの殺人が露見するか否かの瀬戸際なのだ。雅人はまだいい。あくまで、この事件においては共犯者に過ぎないのだから。だが主犯格の直美は違う。彼女は自らの手で一彦を葬り去って、友の復讐を遂げたのだ。たとえ動機はどうあれ、その犯行が明らかになれば、重い罪を背負わされることは確実。それなのに、この溢れ出る余裕は、いったい——？

「おい、直美」雅人は期待を込めて問い掛けた。「おまえ、何か秘策でもあるのか」

『あるわ。秘策っていうほどでもないけどね。そもそも、あなたの成りすましが成功するなんて、確率的には低かった。正直、期待していなかったわ。こうなることは想定の範囲内よ』

「そ、想定の範囲内!?　期待していなかったって!?」

それじゃあ、冷や汗を掻《か》きながら一彦の役を演じた、あの夜の俺の頑張りは、いったい何だったんだよぉ——そう叫びたいところだったが、いまは喧嘩している場合ではない。

雅人は藁《わら》にもすがる思いで、携帯を握り締めた。

「秘策があるなら教えろよ、直美。これから俺はどうすればいいんだ？」

すると直美はいつにも増してクールな声で、こう告げた。

「北山クン、あなた警察にいきなさい。そして刑事さんたちの前で自白するの」

「自首かよ〜〜〜それが最後の秘策かよ〜〜〜そりゃ確かに罪は軽くなるけどさ〜〜〜」

落胆のあまり、雅人は握った携帯を放り捨てたくなった。

だが、そのとき彼の手にする携帯から再び直美の声。

「馬鹿ね、誰が自首しろなんていったのよ。自白よ、自白。あなた、刑事たちの前でこういってやるの。いい、耳の穴かっぽじって、よく聞きなさい——」

直美は雅人の『自白』するべき内容を教えた。雅人は耳の穴をかっぽじることはしなかったが、一言一句聞き漏らすことのないよう、集中して彼女の話を聞いた。

「な、なんだってえ！」それは雅人の想像だにしない内容だった——

7

その翌日。烏賊川署の取調室には神妙な顔で椅子に座る北山雅人の姿があった。テーブルを挟んで座るのは砂川警部。室内なので今日はコートを着ていない。志木刑事は警部の背後に立ち、雅人のことを見下ろしていた。静まり返った取調室に警部の渋い声が響く。

「——で、いったいどういう風の吹きまわしかね？　昨日は事件と無関係を装っていた君が、今日になっていきなり自首して出るとは？」

砂川警部の口調は昨日とは打って変わって、犯罪者に対するような高圧的なものだ。雅人は警部の誤解を解こうと懸命になった。「自首じゃありません。自白です。本当のことを喋りにきただけなんです。確かに、昨日の僕は嘘をつきました。その点は謝ります」

雅人は素直に頭を下げる。警部は傍《かたわ》らに立つ志木刑事と不思議そうに顔を見合わせた。

「どういうことかね。判るように話してもらいたいんだが」

「はい、実は……」雅人は目の前の警部を真っ直ぐ見据えていった。「実は刑事さんたちが疑っていたとおりなんです。事件の夜、喫茶店『二刀流』に現れたグレーのスーツの男。

あれは兄、一彦ではありません。兄を装った僕なんです」

その瞬間、警部の顔に浮かぶ満足げな表情。「よし、判った」と頷くと、彼はさっそく背後の部下に指示を飛ばした。「わたしが睨《にら》んだとおりだ。この男、やはり犯人側の一味だったらしい。——おい、志木、この男を逮捕だ。問い詰めて、主犯格の人物を吐かせてやれ！」

「了解です」志木刑事は手錠を構えて雅人のもとへとにじり寄る。

「わあ、待って。待ってください！」雅人はバタバタと両手を振って、迫りくる若い刑事を押し返した。「最後まで聞いてください。確かに僕はあの夜、兄のフリをしながら喫茶店で時間を費やしました。でも僕は何も知らなかったんです。僕はただ『カネをやるから、いうとおりにしてくれないか』と頼まれただけ。理由を聞くと『女だ』と答えるので、それで僕は漠然と、『ああ、浮気のためのアリバイ作りってやつだな』と納得して、それ以上、深くは考えなかったんです。正直、カネは欲しかったし、頭を下げて頼まれたら断りづらい気もしたし……それがまさか、こんな話だったなんて夢にも思わず……」

「ん、ちょっと待ちたまえ、君。——女？　浮気？　何のことか、よく判らんな」

砂川警部はテーブル越しに雅人の顔を覗き込みながら聞く。「要するに、君に身代わりを頼んだ人物というのは、いったい誰なんだ？」

雅人は一瞬の間を取ってから――「兄です。姉小路一彦です」

と狙い澄ました嘘の証言。これこそ直美から授かった秘策である。

瞬間、砂川警部と志木刑事の口から「なんだって!」「一彦氏が!」と驚嘆の声が漏れる。志木刑事は信じられないといった面持《おもも》ちで、雅人に問い返した。

「おいおい、姉小路一彦氏は被害者じゃないか。その一彦氏が君に身代わりを頼んだというのか。なんだ、それは!?」

「し、知りませんよぉ。ぼ、僕は頼まれたとおりにしただけなんですからぁ」

雅人はあくまでも『何も知らずに兄のいうことに従っただけの馬鹿な弟』の役に徹した。

その様子を見て砂川警部は、やれやれ、というように首を振った。「おい、志木、その男に文句をいっても始まらないようだ。どうやら彼は『何も知らずに兄のいうことに従っただけの馬鹿な弟』に過ぎないらしい」

なんだってえ、誰が馬鹿な弟だい! と思わず食って掛かりそうになる自分を、雅人はすんでのところで抑え付けた。ここは我慢して『馬鹿な弟』の低評価に甘んじるべきだ。

拳を握って黙りこむ雅人。それを見ながら若い刑事があらためて上司に尋ねる。

「警部、いったいどういうことでしょうか。被害者であるはずの一彦氏自身が、弟に自分の身代わりを頼んでいた。ということは、これは……?」

「うむ、答えはひとつしかない。――そうか、そういうことだったのか！」

深々と頷いた砂川警部は決然と顔を上げ、新たな指示を部下に飛ばした。「おい、志木、あの女をここに連れてくるんだ。ほら、あのバーで働く女――そう、田代直美だ」

8

それから、しばらくの後。夕闇迫る取調室には、事件の関係者である北山雅人と田代直美が顔を揃えていた。当然のことながら、雅人は見慣れたワンピース姿の直美を見ても、「誰だ、この女は？」という態度を装う。一方の直美も雅人の顔を見て、「誰、この男？」という顔をするのかと思いきや、意外とそうではない。彼女は雅人の顔をマジマジと見詰めて、「一彦さん……？」と小声で呟いた。確かに、雅人の顔は一彦と瓜二つなのだから、このリアクションのほうが正しい。隙のない直美の振る舞いに、雅人は舌を巻いた。

砂川警部は『初対面の二人』を互いに紹介した。二人は初対面らしく、ぎこちない挨拶《あいさつ》を交わした。そんな中、志木刑事はどこか状況を飲み込めないような表情。取調室の片隅にぼうっと立っている。どうやら事情を把握しているのは砂川警部だけらしい。彼はどっしりと椅子に腰を落ち着け、テーブル越しに雅人と直美を見やった。

「それでは、君」といって砂川警部は雅人に声を掛けた。「先ほどの話を、もう一度お願いしたい。この女性の前で、もう一度。君が誰に頼まれて、何をしたのかを詳しく」

――はあ、なにいってんですか、刑事さん!? その話なら誰よりも彼女がよく知っていますよ。なにせ全部、彼女がでっち上げた嘘なんですからね!

と心の中では何とでもぶっちゃけられるが、警察の前で真実を暴露するわけにはいかない。雅人は真剣な顔を装いながら、先ほどの嘘を繰り返した。「……事件の夜、僕は兄の恰好をして喫茶店『二刀流』に……ええ、すべて兄に頼まれたからです……」

当然といえば当然だが隣の直美は、雅人の話を聞きながら、初めて耳にした話であるかのような表情。自分の知らないところで、そんなことがおこなわれていたなんて! と心底驚嘆する顔だ。

そのリアリティ溢れる演技に、むしろ雅人のほうが心底驚嘆した。

――まったく、この女、タダ者じゃねーな!

そうするうちに雅人の話はすべて終了。静まり返る取調室に「――さて、君たち」と再び砂川警部の低い声が響く。それを聞いて雅人は、警部がこの場で事件の絵解きを試みようとしていることを、ようやく理解した。ゴクリと唾を飲む雅人。隣に座る直美も緊張の面持ちだ。そんな二人を前にして砂川警部はおもむろに説明を開始した。

「我々は当初、事件の夜に喫茶店『二刀流』に現れた高級スーツの男を姉小路一彦氏だと考えた。だとすれば、午後十時に店を出た一彦氏が、そこから何らかの事情で盆蔵山に向かい、そこで転落死を遂げるまでには、一時間程度は必要となるはず。ならば、犯行は午後十一時以降のことだろうと、そう判断した。一方、田代直美さん、あなたにはその時間帯について完璧なアリバイがあった。あなたは事件の夜、午後十時半ごろには友人のスナックに姿を現し、そのまま朝までその店にいた。一緒にいた友人や客たちが証人だ。したがって、あなたは犯人ではない。我々はそう判断せざるを得なかった――」

直美はコクンと頷き、警部はなおも説明を続けた。

「ただし、『二刀流』のマスターの証言の中には気になる点もあった。一彦氏の様子が普段とは、ちょっとだけ違っていたというんですな。そんな中、我々は一彦氏に腹違いの弟がいることを突き止めて、その弟のもとを訪れた。実際に会ってみると、一彦氏本人かと見間違うほど、よく似た弟だ。我々の脳裏には、ひょっとして事件の夜、『二刀流』に現れたのは一彦氏ではなくて弟のほうではなかったか――と、そんな疑惑が生まれたわけです」

そして砂川警部は雅人のほうにチラリと視線をやりながら、

「で、いまの彼の話です。聞きましたよね。彼の自白したところによれば、『二刀流』に現れた高級スーツの男は、やはり一彦氏ではなかった。一彦氏のフリをした北山雅人の姿だった。だとすれば、事件の状況は一変する。一彦氏は午後十一時以降じゃなくて、もっと早い時間帯に盆蔵山にたどり着くことができた。そこで誰かと会って、ひと悶着あって、転落死を遂げた。その時刻が例えば午後九時ごろだったとしても全然おかしくない。――そうですよね、田代直美さん？」

顔を寄せて問い掛ける砂川警部の迫力に、直美は怯《おび》えた様子を見せる。それが演技なのかリアルなのか、もはや雅人にも判断がつかなかった。警部はさらに続けた。

「仮に犯行が午後九時ごろだとするならば、田代さん、あなたにもそれは可能だ。午後九時ごろに崖から一彦氏を突き落とした後、車を飛ばせば、あなたは一時間程度で街に戻れる。午後十時半には友人のスナックに余裕で顔を出すことができる計算だ。ねえ、田代さん――」

再び砂川警部は直美にぐっと顔を寄せると、強い口調で問いただした。

「そろそろ本当のことをいってもらえませんか。盆蔵山の崖から一彦氏を突き落としたのは、あなたですね？」

「…………」直美は俯いたまま声も出せない様子だ。その肩は小刻みに震えている。

絶体絶命のピンチ！　咄嗟《とっさ》に雅人は腰を浮かせて、警部に反論した。「ちょ、ちょっと待ってくださいよ、刑事さん。僕にはサッパリ意味が判りません。この女の人が犯人ですって⁉　いや、それは、うん、まあ……」

まあ、それは正直いって事実だ。姉小路一彦を崖から突き落として復讐を遂げたのは、もちろん田代直美に間違いない。問題なのは、そのことではなくて、えーっと、何だっけ？　ああ、そうだった――「問題なのはアリバイです。僕に身代わりを頼んだのは、一彦のほうなんですよ。おかしいじゃありませんか。彼女が犯人だとするなら、なぜ一彦のほうが贋アリバイを用意するんです。しかも彼女の無実を証明してあげるようなアリバイを――」

「うむ、まさにその点こそが、今回の事件の肝《きも》だ。被害者であるはずの一彦のほうが、実は贋アリバイ作りの張本人であるという不思議。このことから考えられることは、ただひとつ――」警部は指を一本立ててズバリと断言した。「すなわち、姉小路一彦は密かに田代直美を殺害しようとしていたのだよ」

「な、なんですって！」雅人は心から驚きの声を発した。

なぜなら、雅人は直美の口から秘策を授けられて、あのような嘘をついたものの、それが事件全体にどのような影響を及ぼすものか、よく理解していなかったからだ。おそらく直美のほうも、「どうせ、この男に説明したって無駄」とでも考えたのだろう。彼女は嘘の内容だけを口づてに彼に教え、彼は教えられるままに警察の前で嘘をついた。ただ、それだけだったのだが――

それが、まさか、こんな予想外の展開になるとは！

自分のついた嘘の影響力に、唖然《あぜん》とする雅人。その背後でぼうっと突っ立っていた志木刑事が、首を捻《ひね》りながら口を開く。「どういうことです、警部？　姉小路一彦は単なる被害者ではなくて、実は犯人でもあるということですか」

「そうだ、志木。――なんだ、おまえも、まだ判らないのか」

砂川警部は呆れ顔で部下の男に説明した。「これはな、典型的な返り討ち殺人なんだよ」

返り討ち殺人。その単語が取調室に響き渡った瞬間、俯《うつむ》く直美の横顔にニヤッという邪悪な笑み。それに気付いた雅人は、初めて今回の事件を正しく理解した。

――これは返り討ち殺人じゃない。返り討ち殺人を装った、普通の殺人だ！

何も知らない砂川警部は、返り討ち殺人について部下に説明を始めた。

「姉小路一彦は田代直美を殺害しようと考えた。動機については、ここでは敢えて話題にしない。死んだ一彦と田代直美のプライベートに関わることだ。だいたい想像つくだろ」

志木刑事は頷きながら、「痴情の縺《もつ》れってやつですね」とあからさまにいって、警部の配慮を台無しにする。警部は苦い顔で続けた。

「まあ、そうだ。だが単に殺したのでは、たちまち一彦自身に疑惑の目が向けられる。そこで一彦は一計を案じた。自分によく似た弟、北山雅人に自分の替え玉になってもらい、街で贋アリバイを作ってもらう。その間に、一彦自身は盆蔵山で田代直美を崖から突き落として殺害する。そういう計画だ。まあ、アリバイ・トリックとしては単純なものだな。そうして迎えた事件の夜、北山雅人は高級スーツに身を包み、喫茶店『二刀流』を訪れる。マスターはそんな北山雅人の姿を見て、それを姉小路一彦だといちおう信じた」

「頭の恰好だけちょっと違う、と思いながらですね」

「そうだ。一方、同じころ、盆蔵山の崖の上には本物の一彦と田代直美の姿があった。おそらく山までの移動には彼女の車が使われたのだろう。一彦が『君の車で山までドライブしよう』といって誘えば、田代直美は疑いもせずに、その提案に乗ったに違いない」

警部の勝手な推理にコクンと頷く直美。警部はすっかり上機嫌だ。

「だが問題はここからだ。現場の崖に着き、二人は車を降りた。何も知らず手すりの傍に立ち、崖の上からの景色を眺める田代直美。その背後に、殺意を持った一彦が忍び寄る。一彦は彼女の背中をドンと押そうとする。ところが咄嗟に気配を感じた彼女は、くるりと身体を翻した。目標を見失った一彦は手すりの前でバランスを崩した。――と、まあ、あくまで想像ですが、そんな感じだったのではありませんか、田代直美さん？」

「は、はい。刑事さんのおっしゃるとおりです……わたし、その瞬間に気付いたんです。彼がわたしを殺すために、この崖の上に誘ったことを……恐怖に駆られたわたしは、無我夢中で彼の身体に体当たりを……バランスを崩した彼は、その一撃で手すりの向こう側に倒れていって……アッという間に崖の下へと……」

まるでそのときの光景が蘇《よみがえ》ったかのように、直美が虚空を見上げて眸《ひとみ》を震わせる。実際は、手すりの傍に立つ一彦の背中を、直美が背後からドンと突いた。それだけの単純極まる殺人だったのだろう。だが巧みな嘘と玄人《くろうと》はだしの演技力で、直美は自らを被害者の立場に仕立て上げたのだ。

彼女の悪魔的な頭脳に、雅人はいまさらながら戦慄《せんりつ》を覚えた。

「一彦を突き落とした後、あなたはどうしたのですか」

「怖くなったわたしは、自分の車で街に戻りました。どこをどう通ったのか、わたしにもよく判りません。気付くと烏賊川市の街中に到着していました。わたしは車を自分のアパートの駐車場に停めました。それから、その足で友人のスナックへと向かったのです。べつにアリバイがどうこうというわけではなく、ただ誰かと一緒にいたかっただけでした」

「そうでしたか。しかし、あなたがそうする一方、何も知らない北山雅人は午後十時の閉店時刻まで喫茶店にいて、生きている一彦のフリを続けていたのです。結果的に、あなたには完璧なアリバイができてしまった。あなた自身も気付かないうちにね」

「そうだったんですか……知りませんでした……」といって、うなだれる直美。

「うーむ、なるほど」と感嘆の声を発したのは志木刑事だ。「一彦が自分のために用意した贋アリバイは、彼が返り討ちに遭うことによって、一転して彼女のアリバイになってしまったわけですね。それをアッサリ見抜くとは、さすが警部！」

「なーに、返り討ち殺人としては、ありがちな出来事だ。驚くほどのことではないさ」

謙遜する警部の顔には、もっと褒めろ、といわんばかりの笑みが浮かんでいた。

そのとき椅子の上でうなだれる美女が、か細い声を震わせた。

「刑事さん……わたしは罪に問われるのでしょうか……経緯はどうあれ、わたしは彼をこの手で崖の下へと突き落としてしまいました……これは殺人ですよね……？」

「いや、心配には及びません」砂川警部は突然、人情刑事の雰囲気を出しながら、俯く彼女の肩にそっと右手を乗せた。「これは間違いなく正当防衛が認められるケースです。あなたは自らの身を守るため、一彦に抵抗した。そこがたまたま崖の上だったせいで悲惨な結果を招いたが、あなたに罪はない。悪いのは、あなたを殺そうとした姉小路一彦です」

「あ、ありがとうございます……」グスンと泣き声を漏らして、直美は指先で涙を拭う。

その濡れた横顔を、雅人は驚嘆の思いで見詰めるしかなかった。

一彦の企んだ『計画殺人』。それに対する『返り討ち殺人』。そう見せかけることによっての『正当防衛』。その結果としての『無罪』。これこそが直美の考えた秘策だったのだ。その目論見《もくろみ》は確かに成功したようだ。いまや砂川警部も完全に彼女に同情する立場だ。もし、ここに誰もいなければ、直美は腹の底から歓喜の笑い声を響かせたことだろう。

「ん、待ってください。それじゃあ僕は⁉」ふと我に返って、雅人が尋ねる。「僕は罪に問われるのですか。僕は結果的に兄の殺人計画の片棒を担いだわけですけど……」

「う－ん、君の場合はちょっと微妙だな。そもそも君は一彦の殺人計画を知らずに手伝ったと主張しているが、その話自体、本当かどうか怪しいもんだ。実際は何もかも判った上で、協力したのかもしれないわけだし……」

――畜生、俺のときだけ随分と疑り深いな、この刑事さん！

歯噛みをする雅人の前で、砂川警部はニヤリと意地悪な笑みを覗かせた。「しかしまあ、どっちみち君だって重い罪にはならんよ。なにせ一彦の殺人計画は結局のところ、未遂に終わったわけだからな。君のせいで誰かが死んだわけじゃないさ」

何気ない警部の言葉。だが雅人はグサリと胸をえぐられたような気分がした。実際は、彼のせいで一彦が死んでいるのだ。直接手を下したのは直美だが、その犯行を手助けしたのは、間違いなく雅人だった。いまさらながら罪の意識に震える雅人。だが、この期《ご》に及んで後戻りはできない。こうなった以上は直美とともに、この刑事たちを騙《だま》し続けるしか道はないのだ。雅人は俯きがちになる顔を、ぐっと高く持ち上げた。

——なあに、警察なんてちょろいもんさ。特に烏賊川署の連中などは、軽い軽い軽い！

自分を奮い立たせるように、雅人は心の中で強気に叫ぶ。

すると何も知らない砂川警部は、語るべきことを語り終えたのか、おもむろに椅子を立つ。そして悠然とした足取りで壁際へ。そこに開いた唯一の窓から外を覗くと、「ふぅ」と小さな溜め息をついた。その背中には、往年の刑事ドラマにおける石原裕次郎《いしはらゆうじろう》か丹波哲郎《たんばてつろう》、もしくは二谷英明《にたにひであき》を思わせる雰囲気が、ほんの少しだけ漂って見えた。

「それにしても奇妙な事件だった。——そう思わないか、志木刑事？」

「ええ、僕もまったく同感です、砂川警部。実に不思議な事件でした」

「被害者と思われた男が、実は身勝手な殺人犯。しかも彼の殺人計画のお陰で、容疑者のほうにアリバイができてしまった。危うく真相は闇の中に隠れてしまうところだった」

「それでも最終的に事件は収まるべきところに収まったようです。思うに『二刀流』のマスターの存在が大きかったですね。彼の優れた観察眼がなければ、我々も店に現れた高級スーツの男が一彦によく似た別人だなどとは、考えもしなかったはず。それを、あのマスターは見事に見抜いて……ん⁉」

「どうした、志木？」

「なんだか、変じゃありませんか、警部」志木刑事は顎《あご》に手をやりながら、「あの喫茶店に、替え玉として北山雅人を送り込んだのは、姉小路一彦ですよね」

「もちろん、そうだ。北山本人がそう自白したじゃないか」

「じゃあ、なぜ一彦は北山雅人にカツラを被せたんですか。いや、カツラか付け毛か、それとも魔法の粉を振りかけたのか知りませんけど、とにかく一彦は北山雅人のあの薄くなった頭頂部をヒタ隠しにして、自分の替え玉に仕立てたわけですよね」

「そういうことだな」

「なんで、そんな面倒なことをする必要が？　そんなことしなくたって、姉小路一彦と北山雅人は、頭のハゲ具合までそっくりよく似た兄弟だっていうのに――」

瞬間、砂川警部の顔にハッとした表情が浮かぶ。直美の横顔にも驚愕の色が滲《にじ》む。雅人は咄嗟に「誰がハゲだ、誰が！」と叫びだしそうになるところを、ぐっと堪《こら》えた。いまここで口を開けば、自ら墓穴を掘りそうな気がしたからだ。

黙り込む雅人の視線の先で、砂川警部は難しい顔で腕組みをした。「ふむ、盆蔵山の崖の下に転がった一彦の死体。その傍には、確かに彼のカツラが落ちていた。一方で『二刀流』に現れた彼の替え玉もハゲ隠しをしていた。べつに、おかしくないのでは？」

「そうでしょうか、警部。一彦がカツラを被っていたのは無理もありません。男が恋人の前で薄毛を隠そうとするのは、当然のこと。一彦はいつもそうして田代直美に会っていたんでしょう。彼女のバーで酒を飲むときにも、彼はカツラを被っていたはずです」

「え、嘘！」直美の口から小さな叫び声が漏れる。「あ、あの人がカツラ……」

驚く直美を見て、雅人も心底驚いた。何をいまさら、と叫びたい気分だ。

志木刑事は彼女の言葉を耳にしながらも、構わず自分の推理を続けた。

「だから姉小路一彦が田代直美を殺害しに出かけるときも、当然カツラを被ったでしょう。それが二人で会うときのスタイルなのですからね。しかし、だからといってなぜ喫茶店で替え玉を務める弟まで薄毛を隠さなくちゃいけないんです？　北山雅人は『二刀流』のマスターに、姉小路一彦の存在を印象付けたかったんですよね。だったら最大の特徴であるカッパみたいな頭頂部を隠す必要は全然ない。むしろ見せびらかすはずじゃないですか。それをわざわざ隠すから、マスターに『頭の恰好がちょっと違った……』なんて余計な印象を持たれてしまうんです」

なんということだ！　雅人は愕然となった。雅人は一彦により似せようとして、髪の薄い頭頂部を魔法の粉で隠した。だが、それは逆効果だったのだ。頭頂部を隠したことによって、文字どおり瓜二つだった雅人と一彦の外見に歴然とした違いが生じた。だから、あのマスターは雅人の頭を一瞥《いちべつ》しただけで、二人の違いを見抜くことができたのだ。

「う、うむ、確かに志木のいうとおりだな。——ということは、どういうことになるんだ？」

「姉小路一彦が北山雅人に身代わりを頼んだのなら、弟の薄毛を隠すはずはない。逆に考えるなら、北山雅人に身代わりを頼んだ人物は、別の誰かなのでしょうね。そしてその人物は、姉小路一彦の頭頂部が薄いことを知らなかった。なぜなら、その人物はカツラを被った状態の一彦としか会ったことがなかったから——」

志木刑事の射抜くような視線が真っ直ぐ田代直美に向けられる。喪服のようなワンピースの美女は、長い黒髪を揺らしながら、「違う……違う……」と首を振る。だが、もはや勝負の行方は誰の目にも明らかだった。肩を落として言葉を失う雅人と直美。二人の前で志木刑事は、落ち着き払った声で自らの推理の結論を述べた。

「警部、これは返り討ち殺人じゃありません。返り討ち殺人を装った、普通の殺人です」

解説

烏賊川市《いかがわし》狂騒曲《ラプソディ》〜不幸で、不憫な「犯人」たち〜

阿津川辰海《あつかわたつみ》（作家）

「（中略）ね、だから、単純なことなんですよ。だけど博士、トビー・ダイクは名探偵じゃないなんて言うやつがいたら、この事件のことを話してください」

エリザベス・フェラーズ『猿来たりなば』（中村有希訳）

「烏賊川市」シリーズの犯人にだけは、なりたくない。

なぜって、烏賊川市では、いかがわしい町に住むいかがわしい探偵たちが、犯人のことを容赦なく弄《もてあそ》ぶからである。まさに道化のように扱われ、翻弄《ほんろう》され、やがて、鮮やかな推理に切り伏せられる。

そうして「探偵さえいなければ……」と呻《うめ》きながら逮捕されるなんて、私はゴメンだ。

さて、東川篤哉氏の代表シリーズ「烏賊川市」シリーズの第八作である。短編集としては三冊目の刊行だ。「宝石　ザ　ミステリー　小説宝石特別編集」で、二〇一三年から二〇一六年までの間に発表された短編をまとめている。

「烏賊川市」シリーズの短編は、各編鮮やかなアイデアを中心に据え、そこに伏線のうまさとシチュエーションの楽しさを盛り込んだ好編ばかりだ。もちろん、これは東川短編に共通の美点だが、本シリーズでは、水を得た魚とばかり更に切れ味を増している。

そんな本書では、五編中三編に大きな共通点がある。「倉持和哉の二つのアリバイ」「博士とロボットの不在証明《アリバイ》」「被害者によく似た男」の三編──これらは、犯人の視点から犯罪を描いた、いわゆる「倒叙ミステリ」の作品だ。

この形式はドラマの「刑事コロンボ」や「古畑任三郎《ふるはたにんざぶろう》」で有名になったもので、近年では大倉崇裕《おおくらたかひろ》「福家《ふくいえ》警部補」シリーズが代表格だろう。東川作品でも、文藝春秋の「魔法使いマリィ」シリーズでは、倒叙の形式が効果的に用いられているし、『もう誘拐なんてしない』も犯人視点からのサスペンスと謎解きが楽しい。

私は倒叙ミステリには二つの方向性があると考えている。一つは、「犯人の物語」それ自体を掘り下げる方向性だ。これは「コロンボ」や「古畑」が特定の職業の世界を深く描く「職業もの」と近似することと無縁ではない。倒叙の始祖とされるオースチン・フリーマンの作品では、例えば「落魄《らくはく》紳士のロマンス」などはこの方向性で理解できる。

もう一方は、「犯人の仕掛けたトリックを探偵が解く過程」そのものを重視する方向性だ。フリーマン「オスカー・ブロズギー事件」では、事件現場に遺された手掛かりから弛《たゆ》まぬ論理を積み上げる探偵の姿が描かれている。

さて、それでは烏賊川市の倒叙ミステリはどうか。ここで俎上《そじょう》に載せるのは、本書収録の三編「倉持和哉の二つのアリバイ」「博士とロボットの不在証明」「被害者によく似た男」に加えて、「藤枝邸の完全なる密室」（『はやく名探偵になりたい』収録）である。

これらの作品の犯人たちは、その背景にある物語を重んじられたり、丁重に扱われたりはしない。むしろ、主役となるのは犯人を翻弄する探偵であり、烏賊川市という町の方とさえ言える。犯人たちの前ではふざけてばかりいて、とても探偵には見えない人々が、いつの間にか事件を解き明かし、犯人は土俵際に追い詰められている。この犯人を玩弄《がんろう》するブラック・コメディの味わいこそが、烏賊川市倒叙の最大の魅力なのだ（「藤枝邸」のオチを読み返してみるとよい――なんとまあ、落語のようなオチであることか！）。

これら四作の共通の特徴は、犯人がシンプルなトリックを用いることだ。時刻の誤認、ロボットによるなりすまし、兄弟による偽アリバイ作り、チェーンロックを使った密室。いずれもシンプルで、例えば他の東川短編や長編に使われるトリックに比べ派手さには欠ける。だが、犯人たちは無理なく使えるトリックだからこそ、それを使うのだ。派手なトリックを弄する犯人と比べ、ある程度一般的な人物像に設定されているのが読み取れる。石持浅海《いしもちあさみ》氏による『ここに死体を捨てないでください！』の解説には、死体遺棄を企む男女コンビを常識人に設定したことにより、「東川ミステリはひとつ格が上がった」という旨の主張がある。この解説を引いてくれれば、烏賊川市倒叙の犯人たちもまた、あくまでも常識の範囲内で使えるトリックを用い、ミスをしないよう懸命に努力しているという整理が可能だろう。それゆえに、彼らを翻弄する探偵たちの奇《き》矯《きよう》さと奇矯な探偵に踊らされる犯人たちのおかしさが引き立ってくるのだ。

探偵たちに翻弄され、犯人たちもあたふたせざるを得ない。現にこれらの作品群では、犯人たちは軽い失言を相当繰り返している。だが、そこはおかしな人々ばかりの烏賊川市でのこと。ちょっとやそっとの失言は流されてしまう。そしてそれゆえに、トリックを探偵たちが解く過程においては、決定的な手掛かり、反論しようのないロジックだけが、重要な決め手になるのである。

だからこそ、これら四編で最後に指摘される「決め手」はどれも美しい。ドタバタの中に隠された伏線回収と相まって、スパン、と膝を打つ快感に満ちている。

一方で犯人の目から見れば、ギャグから回収される想定外の決め手は、「なんだ、そんなことで……」という落差に繋がってくる。こうして、ブラックな笑いの生み出す「落差」と、膝を打つ謎解きの「快感」は軌《き》を一《いつ》にする。「探偵さえいなければ……」という犯人の呻きが聞こえてくる理由だ。

五編いずれも身の詰まった作品で、烏賊川市入門にもうってつけの粒よりの傑作集だ。

——と、いったんまとめてみたところで、烏賊（以下）では、ネタバレありで、烏賊川市倒叙のもう一つの視点と、タイトルについて掘り下げてみたい。

【以下、ネタバレあり。未読の方はご注意ください！】

東川作品の犯人たちは、常識の範囲内で、探偵たちから逃れるべく懸命に努力する。それゆえに、烏賊川市という町のいかがわしさと、そこに住む探偵たちの奇矯さに、彼らは苦しむ。現に、「倉持和哉の二つのアリバイ」では、犯人・倉持《くらもち》の行動はギャグ風味がふんだんだが、それはパチモンをまかり通らせる町に対して、あるいはアリバイ証人として呼んだのにがぶがぶ酒を飲む町の探偵に対しての、彼なりの反応に過ぎない。読者はおかしな町の雰囲気に笑い、周囲にツッコミを入れる犯人に笑う。真面目なのは犯人だけだ。

倉持はロレックスのパチモンに追い詰められ、「二つのアリバイ」を問われて自滅する。

これを、犯人が烏賊川市という町そのものに翻弄されたと理解することはできないだろうか。犯人は常識の範囲で生きようとしているのに、町も探偵もどこかいかがわしくて、おかしい。そんな町で犯罪を犯してしまうこと自体、一つの悲喜劇であるのだ。

だが、犯人たちも負けてばかりではない。「ゆるキャラはなぜ殺される」ではどうか。

本書収録中で犯人が逃げおおせているのはこの短編だけだ。ゆるキャラコンテストで起こる密室殺人を扱う本編で、容疑者たちは、鷲、蟹、亀といった記号で分類される。犯人は記号の中に身を隠し、「小柄な女性」という自らのパーソナリティーを隠すことに成功する。警察も市も彼女を捕まえられないだろう、と鵜飼《うかい》が直前に保証してさえいる。これほどまでに完全な勝利は、そうそうないだろう。

だが、この短編、もし鵜飼が登場しなかったらどうなっていただろうか？

恐らく、観光課長は苦渋の末、警察への通報をし、コンテストは中止されていただろう。警察の捜査が入れば、被り物を脱がされたのは間違いない。そうなれば、犯人は隠れ蓑《みの》を喪《うしな》ったありのままの状態で、警察に正対せざるを得なかったはずだ。

とすれば、彼女が逃げおおせ、しかも優勝まで勝ち取れたのは、鵜飼のおかげということにはならないだろうか。彼女の声が聞こえてくるようである――探偵さえいなければ、こんなにうまくはいかなかった、と。

探偵さえいなければ。

本書のタイトルは、翻弄される犯人たちの叫びと、混乱の中に身を隠した犯人の喜びと、二重のエコーを響かせている。

初出

倉持和哉の二つのアリバイ　「宝石　ザ　ミステリー3　小説宝石特別編集」(二〇一三年十二月)
ゆるキャラはなぜ殺される　「宝石　ザ　ミステリー2014冬　小説宝石特別編集」(二〇一四年十二月)
博士とロボットの不在証明　「宝石　ザ　ミステリー2016　小説宝石特別編集」(二〇一五年十二月)
とある密室の始まりと終わり　「宝石　ザ　ミステリーRed　小説宝石特別編集」(二〇一六年八月)
被害者によく似た男　「宝石　ザ　ミステリーBlue　小説宝石特別編集」(二〇一六年十二月)

二〇一七年六月　光文社刊

光文社文庫

探偵《たんてい》さえいなければ

著 者 東《ひがし》川《がわ》篤《とく》哉《や》

2020年1月20日 初版1刷発行

発行者 鈴木広和
印 刷 堀内印刷
製 本 ナショナル製本

発行所 株式会社 光文社
〒112-8011 東京都文京区音羽1-16-6
電話 (03)5395-8149 編集部
8116 書籍販売部
8125 業務部

落丁本・乱丁本は業務部にご連絡くだされば、お取替えいたします。
ISBN978-4-334-77958-0 Printed in Japan

組版 萩原印刷